슬픔이 세상에서 하는 일

시작시인선 0517 슬픔이 세상에서 하는 일

1판 1쇄 펴낸날 2024년 11월 29일
지은이 심상숙
펴낸이 이재무
기획위원 김춘식, 유성호, 이형권, 임지연, 차성환, 홍용희
책임편집 박예솔
편집디자인 민성돈, 김지웅, 정영아
펴낸곳 (주)천년의시작
등록번호 제301-2012-033호
등록일자 2006년 1월 10일
주소 (03132) 서울시 종로구 삼일대로32길 36 운현신화타워 502호
전화 02-723-8668
팩스 02-723-8630
블로그 blog.naver.com/poemsijak
이메일 poemsijak@hanmail.net

ⓒ심상숙, 2024, printed in Seoul, Korea

ISBN 978-89-6021-790-4 04810
　　　978-89-6021-069-1 04810(세트)

값 11,000원

＊이 책은 김포문화재단 지원을 받아 발간되었습니다.

슬픔이 세상에서 하는 일

심상숙

천년의
ㅅ 작

시인의 말

북한강 철교를 건너옵니다
발을 딛은 바닥 유리판 깨어질 듯 투명합니다
발아래로 노을빛 강물이 몸을 벗었습니다
난간에 기대지 마세요. 위험!
흐르는 강물이 위태롭습니다
강물 따라 나도 조금씩 양평으로 떠내려갑니다
나의 아름다운 종점 양수역이 있기에
나는 흘러갑니다

차 례

시인의 말

제1부

제2부

제3부

제4부

해   설

제1부

사랑이 들어왔다

뱀 들어온다고 심은 봉숭아꽃

손톱 위 봉숭아 꽃봉

생모시 이불 붉게 적시는 저녁을 지나

첫눈 내리는 아침까지 남았다

붉은 손끝 모으던 첫사랑,

툭,

봉숭아 씨주머니 터져 까만 씨앗 쏟아 낸다

내년에도 후년에도,

백 년 후에도

버니어 캘리퍼스*

침식되지 않은 뼈는 몸이었던 때를 발굴한다
생전에 즐겨 먹던 김치와
성별, 나이, 키
그리고 참기 어려웠던 허리 통증까지

입관실에 들어선 아홉 살 연아가
자기 차례가 왔을 때
할아버지 사랑했어 잘 가, 안녕
두 손으로 삼베 둘러친 머리맡을 감싼 채
입을 달싹거린다

꽃을 든 조그만 손이 끝내 고요하다

"손자 김덕환입니다 어릴 때 할머니 아버지 손잡고
이산가족 찾기에 따라간 적 있습니다 찾지 못해 많이
슬펐습니다 이제 우리 할아버지를 가족의 품으로 돌
아오게 해 주셔서 감사합니다 제 나이가 쉰입니다"

>
6 · 25 때 카투사 김동성 할아버지

그의 손자는
장진호 전투에서 목숨 잃은
조부의 유해를 받아 안는다

뼛조각은 어린아이들과 아내를 뒤로했던
그날의 자신을 잊지 않았기에
바다 건너 손자에게 찾아온 것이다

뼈의 증언

전쟁에 매몰된 익명도
애타게 기다린 누군가에게
마지막 기별이라도 되려고
1mm의 계측에게 자신을 들려주고 있다

뼈의 눈금을 읽고,

슬픔의 눈금을 더하면

간절한 한 사람을 구할 수 있다

* 버니어 캘리퍼스: 뼈의 치수를 정밀하게 측정할 수 있는 계측기.

돌배나무가 건넨 목간木簡

돌배나무 잎사귀 사이
해마다 자전과 공전 중인 열매가 맺혀 있다
잎맥의 무늬들,
계절을 새겨 온 목간木簡이다

임진년壬辰年, 도稻(벼) 한 섬, 대두大豆(콩) 두 말
석 되,
느티나무골 묻혔다가 발굴된 나무 조각이
이제야 이 오후에 드러난 거라고

사람이 나고 죽고, 나무들이 스러지고 돋는 동안
숨들이 묻히고 숨결이 트이는 사이
돌배나무는 수천 년 햇살의 요철로
한 자 한 자를 제 안에 들였을 것이다

달의 앞면만 볼 수밖에 없듯
돌배나무 열매도 무성한 잎 속에서
칠흑의 뒷면을 가졌으리라

우주인이 달의 앞면을 탐사할 때
사령선 타고 뒷면에 머물렀던 마이클 콜린스처럼
오직 신과 혼자인
열매의 궤도를 생각해 보는 것이다

지금도 지구는 사막으로 더 넓게
에둘러 부서지고 있는 중이다
가뭄, 테러, 바이러스로 짓물러진 이 한낮
돌배나무 간지簡紙 잘 다듬어
고택 후원 속살로 묻었다가
다시 발굴되길 기다려야 하는지

돋아난 잎사귀 그늘에서 나지막한 언덕이 넘실거리
고 있다
돌배나무가 제 과실을 떨구는 건
어록을 내게 내어 주는 일이다

그리하여 서로 염려하고 사랑했다, 라고

나는 지구의 시간 속

오늘의 간지干支로 묻혀 가고 있는 것이다

칼질하다

도축장 돼지갈비 한 짝, 역병도 웬만해야지 붉은
뼈대 옥죄어 쑤신다 칼날 서늘하다 빼거니 넣거니 지
른다 옹두리뼈 이음새 비집어 젖힌다 툭, 결딴낸다
드드득 마구리 뼈 갈라내면 허연 가계도 질깃한 혈연
도 피막이 있더라

끊어질라 살근살근, 엎치락뒤치락 형국을 저민다
자근자근 난도질, 도마 위 우격다짐 한 추렴, 애증
도 육간 갈빗살 같을까 뼈붙이 살점 막걸리 재워 두
면 연해진다지 붉은 핏물 딸기 향 번질 때까지 삼투
는 이해되어야 하지

마른 고추 한 줌 칼끝으로 긁어낸다, 설탕을 더 칠
까, 생강 맛이 강한가? 그냥 생굿이라고 해 둬, 생돼
지 마지막 미소, 칼날을 눈동자에 비춰 본다 감또개
목걸이 적 선무당 좀 잡았지 비닐 치마끈으로 역병을
동여맨다 룰루랄라

>

　고깃덩이 은빛 양푼 수북하다 마스크와 마스크 너머로 들리는 양념 목소리 슴슴하다

　어미야, 찬이 아무것도 없구나

　중대 본부, 12. 1. ~ 12. 3. 서울 중구 남대문 중앙상가 C동
　도축장 방문자는 가까운 보건소에서 검사를 받으시기 바랍니다

앵두 멍석

뒷간 뜰에 앵두가 붉어 가는데
까만 밤에 까만 교복으로 몰려든
소자 언니 친구들
앵두나무 밑에서 오줌을 누었다
나뭇가지 후드득 떠들썩,

종근이 아버지가 돌아가셨다
소자 언니와 종근이 큰언니는 싸워서
말을 오래 끊었다는데
그래도 문상은 가야 한다고,

4·19 나기 전, 내가 초등 사오 학년쯤
감자 심고 수수 심는 두메산골 내 고향에*
문상 갈 갈래머리 언니들 따라 노래 불렀다

소자 언니는 할머니 아랫배에 얹을
납작 돌을 풍롯불에 달구고 있었다
깜깜한 마당에서 커다란 앵두가 발갛게 익는 것 같다

소자 언니네도 몇 해 전 괴산경찰서장 아버지가 돌
아가셨단다

　그사이 앵두나무 가지는 열매 다 떨구고
　시커멓게 솔기 터졌다
　이런,
　나는 아가 동생 다섯을 데불고 앵두 멍석을 깔아
야 했는데
　노래만 따라 부른 거다

　문상 다녀온 저녁,
　소자 언니와 종근이 큰언니는 서로 말을 텄을까?
　궁금증이 별이 되어 앵두 바구니에 쏟아졌다
　오줌 누던 언니들 지금쯤 빨간 입술로 어딜 나다닐까

* 박재홍의 트로트곡 〈유정천리〉(1959).

분꽃이 그리다

분꽃 한 움큼 냇물에 던지고 발버둥 치는
아이가 있네
해 질 녘 환한 분꽃,
분녀 집 심부름을 냉큼 가는 것은
까만 꽃씨 자리 더 좋았기 때문이어라

우는 동생 업고 꽃길을 가네
분忿하게 울던 동생 봉곳이 기대어 잠든
분粉꽃 꿈
꽃 속으로 콧등 쏙 밀어 넣다가
칭얼대는 동생에게 꽃 따서 넘겨주네
흐드러지는 웃음소리,
업힌 등판 문질러 꽃물 들이네

시멘트 담장 사이 빽빽한 분꽃 가지
바람에 휘청이는 연립을 떠받치고 있네
창문에 낀 계단을 폴짝 뛰어내리면
푸른 잎사귀 손 내밀어

까만 씨앗 툭, 내어 주네
깨지 않는 동생
아직 덜 여문 호흡 색색이네

아이고 기특해라,

칠 벗겨진 노인 오므렸던 입술 활짝 펴네
부채가 그리는 저녁 그늘 속으로
아이는 돌아가네

분꽃은
산그늘 깔아 널빤지 세우고
휘파람 부은 꽃밭에서
멀어져 가는 꽃물 그림 까치발로 돌아보네

송엽국이 피어 있는 집

바위산 옆구리 꽃 악보 펼쳐져 있다
산을 몇 장 넘기면 오선지 끝 기입된 집,
구름도 전나무 리시버 꽂고 듣는다

아버지가 따 오셨던 다래 넝쿨
높은음자리표 아치 짙게 그려 넣었다
기대 놓은 푸른 음표
비스듬히 위태로운 삽작은 한 옥타브 더 높다

실개천 올갱이 취나물 머위장아찌
즉흥으로 연주되는 6월의 악장

우거진 장작더미 뒷산 기슭 돌서렁
선율을 따라가다 보면 혹여,
여름 큰물 소리 솔바람 적실지라도
형형히 빛나는 뒤란은
간주 뒤의 일

>
작은 꽃 악보 속에서 한 사람이
신발 벗겨질 듯, 반가워 달려 나오는
음악 한 채

분이 아낙

가난한 분이 아낙의 삶은
입던 양단 저고리 바늘땀 뜯어 푸새하는 일
골목 한지 격자무늬 문살 집
나는 심부름을 갔던가
인기척에 동그란 쇠 문고리 안에서 벗겨 주는
문간방 얼굴 발그레했던가

공작 날개 활짝
회 대보 십자수 왕골 꽃바구니
등잔 불빛 환했다
가늘고 긴 구리 반지 손가락이 자주 깃 이불솜 둥
치 밀칠 때
목단 꽃잎 숨결 일었던가

실꾸리 꺼내들고 저고리 깃 섶, 소매 옷고름
조각조각 돌돌 말아 한데 묶는 분이 아낙
잠긴 반닫이처럼 말이 없다
본래대로 꿰매어 흰 동정 달면 새 저고리 태어나듯

>
포대 종이 싸 바른 괴산 안동준 국회의원도
콩댐 내음 한지 장판 머리카락 몇 올,
화로 불에 던질 때
움찔거리는 아랫목 이불 왜 자꾸 눈길 갔을까
불빛에 양은 비녀 봉 방망이 그림자
저 이불솜 둥치에는 굵직한 다리 들어 있을까
옥양목 외씨버선 발 쪽 찐 머리

백동경첩 모반에서 인절미 한 쪽 어린 입에 쫄깃하
게 넣어주던 그녀
입술 검지 섰, 가만히 내 눈 맞추던 그날
허름하게 비치는 건달 빛 오후 알싸했다

아기를 갖지 못해 소박맞던 날
싸전 거리 혼자 울었다는
무명 동저고리 가난한 분이 아낙
훗날 내가 다시 찾아갔을 때
한 사내가 이불 속에 있었다는 걸 알았다

>

설움에 풀을 먹여 올을 세우는 손질이었을까
분이라는 이름을 잃고 아낙이 된 그녀

홑잎나물

드디어 알았네, 그 화살나무 홑잎

식물도감도 보고
식물원을 거닐어도 보지만
어릴 적 홑잎나물 오래 궁금했다

빛 사위는 해거름
쓸쓸해지지만 않는 것은
그 상큼하고 도도한 홑잎나물 맛을 알아서리라

느릅나무 잎이 피는 봄 언덕에
연둣빛 윤기
손끝 미끄러지는 홑 잎새
뾰족뾰족 작은 산새 날아든 홑잎나물
푸르름이 오래 파닥였다

끓는 물에 살짝 데쳐 찬물에 건지면
새뜻해지는 초록

깔깔해지는 품새
누르스름한 귀얄 바탕에
풀잎 한 줄 스쳐 간 어머니 막사발,
깨소금 조선간장에 살포시 무쳐 먹는 날이면
산바람처럼 돌아앉았기에 눈썹 더 고운 아이마냥
눈 흘기듯 입에 떠 넣는다

깊은 산속
어느 이름 모를 나무 한 그루가 일깨워 준
초록,
냇가에 물소리처럼 상큼하게 씹히는데

봄이면 옛집 뜨락을 가뭇하게 드나들던
문괄 아주머니
십여 리 새벽길
흰 수건머리에 홑잎나물 무명 보퉁이 여다 주고
앞치마에 손 넣으며 돌아서
좀 있으면 싸리버섯도 따 오겠다던

그 뜰에 나가
아주머니 초록 보퉁이 받아들고 싶다

어두워지는 저녁
순전히 호젓해지지만 않는 것은
내 몸 가지에도
산새 둥지 연초록 돋아나기 때문이다

앤초비 시 창작 교실

오늘의 핸드아웃 시는 캣 콜링, 아 여기 앤초비가 뭐죠? 예, 정어리 절임이라고 양념 재료지요 혹시 멸치 아닌가요? 사전적 갈피 사이 교실이 갇힌다 왓 유 아 유 얼론 미트볼, 룩 앳 미 룩 앳 미, 퍼킹 비취, 신체 부위 상징인가요? 김수영은 온몸으로 시를 밀어 올렸다고 턱과 호흡이 리얼하게 맞물린다 문학상 수상작이라고,

텍스트를 선택적으로 가려 주세요 고상한 정서로, 초록의 강사는 교실을 응시한다 스란치마는 말이 없다 한마디 안경이 돌 하나 휙 던진다 설움의 위계는 이런 거라고, 부스럼은 가려워 봐야 생생해지는 일이라고 새삼, 예쁜 시 만든 시는 언저리만 두른 낭비라고, 이국의 낯선 공원에 걸음이 갇힌 소호 시인처럼 시멘트 바닥에 문질러진 살점 천장으로 둥둥 떠다닌다

교실은 속 창자를 뭉텅 **빼놓고** 룩 앳 미, 만져 달

라고 봐 달라고,

　임용 고시 몇 번에 학부모가 된 처자 읽을 용기 도
피하고 싶어 잉여의 속울음 뭉툭하다 불편한가, 젖
은 소견은 앤초비, 교실 안은 앤초비, 정어리 절임
사유를 부어 꽁꽁 싸매 둔, 시간이 시의 본질에 간직
되었고 간이 배었고 발효되었고, 구릿한 냄새로 중
독된 향이었으니, 오늘의 시 창작은 밑간의 재료로
충분하다

몇 밤 자면 소풍이야?

뽀얀 엿가락을 동생 손에 슬쩍 쥐여 준 날 있다
물오름달*을 연필로 그려 보던 그때
신의 세계에는 수數가 있기나 했을까
수학책을 펼쳐 놓고 방바닥이 되어
꾸벅 졸던 밤

눈만 뜨면 선택적인 오늘이어서
헌 운동화 짝이 발부리에 걸린다

수는 슬픔의 발견이다**

수를 헤아리자 시간이 밀려왔고
통지서 날아들었다

기억의 주름 어느 무렵
글라디올러스 꽃밭에 들어
부풀린 이스트 찐빵을
동생과 한 입씩 베어 물던 날들

>
하루 한 장씩 월력을 떼 내고 싶던
왼손 부조가 창고 속에 뒹군다

들기름 끼얹어
두부를 구워 내는 이 저녁은
이미 도착한 미래***다
무 싹이 얹힌
노릇한 두부 접시

두부모 잘리듯
지나간 뒤안길이 기꺼이 증명될 줄이야,
오늘의 톱니바퀴 바깥에는
신의 뜨락으로 새들 높이 보름을 건너고 있다

* 물오름달: 3월, 뫼(산)와 들에 물오르는 달.

** 조재룡.

*** 하이데거의 『존재와 시간』에서.

그늘에 몸싸움 걸다

불끈 주먹을 보이며 한번 보자는 계집애
하나도 겁이 안 난다
꼭 한번 싸웠어야 했을 그날
물 낯바닥에 얼굴만 비춰 보는 아이 같이
나는 거울 앞으로 돌아와 때늦게 뭉싯거려 본다

싸움도 제때 피워야 꽃이 된다
귀롱나무꽃 향기 풀밭에 흘리는 몇 날
책가방 내던지고
상대의 머리채를 휘어잡고
엉덩이를 뒤로 쑥 빼고 연자방아 휘돌아본 날이
있던가

동생들을 떠받들고
속엣말을 삭이고
제때 붙어 보지 못한 꽃그늘 때문이다

화장실 뒤에서 판 벌인 봉오리들

불러내어 멍석자리 편다
주먹이 발길이 내닫는 대로
하늘 정수리 찔러 보라고
낭자하게 터뜨리고 이파리 한 움큼 던지더라도
단판에 내쳐 보라고
망설이던 가지로 절친처럼 껴안는 몸부림이 꽃을
피운다

이때 초록으로 풀밭이 되는 건 바깥의 예의다

부라린 옹이도 불끈거리던 우듬지도
제물에 숨 고를 때까지
하늘이 치고받는 번개 꽃도
벌판 한가운데서 우뚝
폭우 속으로 맞닥뜨려 봐야 안다
벼락 맞은 대추나무가 되어 봐야 단단해진 문서에
꽃 도장도 찍어 낸다

>
싸우면서 큰다는 말
번지면서 자란다는 말
잘 싸운다는 건 꽃그늘 아래로 향기 하나 드리울
줄 안다는 거다

여름

유리컵에 얼음덩이가 쌓여 있다
저들끼리 틈을 메우면서 천천히 흘러내린다
거기 어딘가에 내가 있다

얼음 한 알 달그락 내려앉는다
어느새 극지로 와 추위에 살아남는 법을 생각한다
흰 혹등고래가 막 도착한다
바닷새가 멀리서 오는 열대를 마중한다

수수만년 설산이 와르르
놀란 툰드라 나무들 적설을 털어 낸다
몇백 년 직립이 기우뚱
빙벽 균열이 크레바스 섬을 띄운다

혹독한 겨울과 긴 어둠을 건너온 북극곰
유빙 위에서 사냥하고 해안에서 여름을 나는 중
이다
딛고 설 곳을 찾는다 겨울바다를 기다리며,

눈밭에 암컷의 발자국을 찾아 나선다
앞발을 번쩍 들고 일어서 죽기 살기 극지를 포식
할 것이다
암컷은 새끼를 지켜야 한다

유리컵에는 이제 얼음이 거의 남아 있지 않다
나는 바다로 헤엄쳐 든다
상어와 외뿔고래 무리가 바다 깊숙이 지나간다
코끼리들이 빙판에서 흰 김 내뿜으며 코를 휘두
른다

이 상상이 급작스레 막을 내릴 것을 알고 있다
극지로 보낸 내가 돌아오듯,

늑대들이 우거진 들 소 떼 후미를 뚫고 달릴 때
잡힐 듯 아기 들소 한 마리 내 등에 태운다
그때 나는 바람, 떠다니는 유빙,
이제 피할 곳은 크레바스뿐

거기에 올라타야 한다

극지의 표면 아래에도 알지 못하는 내가 있어
크레바스에 빠지는 날이다
유리컵 아래 물이 고여 있다

입술의 힘

단 차 낮은 두 계단 사이에서 발을 헛디딘다

무.
너.
지.
고.
말았다

전 생애가 한꺼번에 쏟아졌다

가차 없는 일 순간이 가없이 길었다
12시 방향에서 3시 방향으로,

왼 다리가 풍덩,
오른 다리가 눈 아래서 허둥허둥

끝내 슬픔은 가 닿지 못했다

>
엎어진 입술에서 독혈이 울컥울컥 쏟아졌다
컵 분량으로
흥건한 피 칠갑
아득히 정신을 걸러 냈던가

발부리로 나를 잡지 못한 일이 어디 이뿐이랴

폭등暴騰

그 바닷가에서 어린 어머니와 늙은 내가 살았네
사립문 밖에는 갯바위가 우뚝 서고
은빛 모래밭이 성난 꿈을 키우고 있었네

어머니 저 검정개의 눈을 들여다보지 마세요
대들지도 모르겠어요
작대기 들고 가시를 숨긴 모래 바닥

가만있으면 된단다 애야

개의 눈 속을 밀치고 들어가는 발소리
어느 곡진한 바람이 뒤따라 들어가고,
아 저기를 돌아보세요

눈앞에서 바다가 폭발합니다
혹등고래가 통증처럼 물 화산을 뿜네요
이내 치솟으면서 물탕 터뜨리고 터뜨려,
시꺼멓게 용솟음치는 물의 갈기들,

하얀 톱날로 마른 공중 자르네요
검정과 흰, 그 뒤섞인 하늘을 찌르네요

어머니, 당신의 기도는 어떤 기상일까요

나는 괜찮다 얘야,

들썩이는 바다가 꽃 섬 하나 빠뜨립니다
얼마나 깊은 응어리를 건져 내는 것일까요? 기도는,
마른날의 눈꺼풀처럼 경련을 일으킵니다

저 깊고 무서울 듯 빠져드는
청록의 물색이 당신입니까, 나입니까
우리가 여기에 고여 있는 겁니까

바다에서 고래는 내일, 어떤 노래를 부를 까요
어두운 입안 가득, 햇살 그림자 투명해지는,

>

갯바위가 검정개처럼 엎드려 있군요

멀고 먼 수평선처럼,

해산하는 여자들

(46억 년 지구가 아직 나가자빠진 일 없다 지구 온난
화, 운석 충돌, 화산 폭발 등, 소행성의 충돌로 대멸
종은 몇 번 있었으나 지구는 다시 태어난다 나는 몇 번
을 다시 태어났나)

허공을 구겨 가랑이 그을리는 낮은 풀 위로 뜨거운
소변 줄기
산등성 큰 엉덩이 엉겅퀴가 깔깔댄다
능선 바위 벽에 새겨 놓은 아이 낳다 죽은 여자 그림
산고 끝에 길게 누워 버린,
런던의 보도블록 밑에 곧추세워 묻힌 이는 있어도
선 채로 세상 떠난 이 없다

발밑에 반짝이는 별빛 물결에 뛰어든다
예전에도 그랬겠다
만삭의 여자가 뒤로 넘어질 듯 걸어간다
선 채로 해산하는 여자 없다
물결 속에 들었을 때 말고는,

>

오래전 세상의 딸

난산의 자리에

어린 손 밀어 넣어 아우를 끄집어낸다

'살아남아야 해'

세상에 태어나는 작은 우주에 언어의 흔적이 새겨
지고 발아한다

개미 한 마리가 반짝 공空을 들여다보는 순간, 새
한 마리의 외침!*

'살아남아야 해'

멈추었던 구름이 흐르기 시작한다

인류의 종種은 오로지 지구를 기록해 나가야만 하
기 때문이다

아직도 지구는 나가자빠지지 않았다

왜 안 그랬겠어요

나귀와 너구리는 노아의 방주 고페르 목재 바닥에

제 종種을 번식시키기도 했겠지요

* 토마스 트란스 트뢰메르의 시, 「자정의 전환점」에서 가져옴.

만두 한 개

인사동 통만두 집
독일 교회에서 온 학생과 같이 간 집에서
그는 만두 한 개를 남겨 두고 일어섰어
그때 만두 한 접시 값은 돼지고기 두 근 값
고기만두 한 접시 시켜 주고
나는 돌아가서 늦은 점심을 들겠다고 했지

봄에 시집간 딸 방에서 며칠 재워 주기로 했지
독일 땟국을 홑청에 죄다 묻히겠다 싶어
수건을 챙겨 놓았는데
학생은 지난 저녁 씻지 않고 그냥 자겠다
우겼어
저녁 샤워 대신 아침 통 목욕을 하려나

처음 빈방을 들여다보고 돌아서면서
활짝 웃던 독일 학생
주석으로 빚은 맥주잔과 팸플릿을 아름드리 안겨
주었지

>

만두 한 개를 접시에 남겨 둔 채 인사동을 나서는
학생과 나는
동서로 통하는 양반이었어
남겨진 만두는 그 의미를 알까

다음 날 가족과 둘러앉아 함께 아침 식사를 할 때
철새 한 마리가 창가에 끼루룩거렸지

학생은 영어를 모르고
우리는 독일어를 통 모르네
der, des, dem, den, mutter, boch

그즈음 캐나다로 연수 간 우리 아들도
그곳에서 체면 차리느라 힘들었겠지

접시 위에 남겨 놓고 온 만두 한 개

제2부

괴강槐江 6
—임꺽정 문학상

아직 이런 명칭의 상은 없다

내 어릴 적 다리 건너 이끼 낀 골기와 집
홍명희 생가 어린 소녀네
대청에 그림자 미끄러지는 외씨버선 발
정경부인 만난 듯 그 어머니,
뒤뜰 백일홍 맨드라미 꽃밭이 호랑나비 불러들였다

충청도 원로들은 거지반 시인이라서
봄도 꽃 기침하면서 지난다는데
지나댕기는 맨발 선비 걸인들에게도
명덕산,
길 가는 청년,

정겨운 호명으로 그날의 햇살 다시 그러모아
홍명희 생가 서늘한 중마당에
차일遮日을 치고,

>
내 처음 이름 석 자 호명받던 날
한 상에 앉아 미꾸리 튀김을 서슴없이 먹어 치우고
송기떡과 연꽃차로 치마폭 끄는 남도의 연회 자리
에서야
김현 문학제 명사들이란 걸,
시상식 말미에 시를 낭송해야 하는 당일의 소품이
된 걸 알아차리던

점심 짱뚱어탕과 저녁 낙지국, 낙지 탕탕 호기롭던
먼 길 강진 장흥 보성으로 사흘을
운동화 끈 동여매던 여흥은 돌아와 시를 붙잡게 했
던가

달빛 이름으로 호명받아야 할 시인들
임꺽정 문학상으로 이름 불러
괴강 산막이옛길 옛 선비 짚신 자국에 노정의 발을
잠시 포개 주고 싶다

>
산 좋고 물 좋아서 한 사나흘,
속리산 화양계곡 그 수심에 발을 담가
우암寓庵 시 한 수 너럭바위에 펼쳐 두고, 충청도
장국 밥상 앞에
앉혀 주고 싶다

지금껏 이런 이름의 상은 없다

임꺽정 문학상

초록을 꺾어 든 시인의 이름
호명되는 날
혹 모른다, 그때 그 소녀 나리꽃 시인으로 피었다
갈지도,

꿈속의 꿈을 채록하다

별들은 지금도 돌지
숲속 웅덩이에는 왕잠자리 맴돌고
꽃들은 숨어서 피지
아이들 꿈은 언제나 살그머니 채어 볼 수 있지

채집된 꿈을 핀으로 꽂으면 표본이 되지

지구는 달빛 잡아당겨 아이들을 달로 보내지
달나라행 배낭을 지고
슬로 모션으로 줄걸음을 떼던 아이들
한밤을 지나야 했지

훗날 검사 의사 선장 청소부가 될지도 모를 아이들
맨 처음 외박에 신이 나서 늦잠이 들어
아침 식사로 세븐일레븐에 모여 일회용 젓가락을 떼지
컵라면 위에 올려놓을 모양이야
한 아이가 달을 단무지라고 소리쳤지

\>

검정 타이즈와 끈 느슨한 운동화로
운석을 주우러 나아가는 거야
물레방아 돌리듯 한 사람씩 오른발 먼저
조심조심
경쾌하게 호핑 스텝을 밟아 나아가는 거야

달에서도 편의점은 보일까
태극 깃발을 우뚝 꽂아 두고 돌아와야 했어

달에는 새도 꽃도 페이드인 되고
시냇물도 호수도 흘렀다니까
아이들이란 모든 걸 끌고 다니니깐

무중력 그런 것 따위는 별개였어
새벽하늘을 올려다봐

저기 저기, 그날 아이들의 별이 반짝이고 있어
그걸 따로 모아 둔 건 훗날의 누구였을까

오래된 맨발

저기 산모롱이 그 감나무 집이 보이네요
후둑, 머리 위로 풋감 떨구는

토방에 짧은 문짝, 문지방이 높은
초가집
봉당 위 흙 고무신 내 또래 유수와 오빠들 것
동생과 나는 애기 손님
거무스레 느른국*
수제비 저녁상은 보리밥에 결 굵은 고추장 호호 달았다
오지항아리에 보리고추장
빛깔 묵직했다

그 맛이 지금도 궁금하다

한밤중 반딧불이 등신 놀래키던 오빠들
깜깜한 하늘마당 귓가에 풀벌레 소리 폭포
별빛이 눈 찌르고
은하수가 쏟아져 내렸다

매캐한 모깃불
잿불에 구운 하지감자 냄새 살가왔다

마당 없는 맨 끝 집 호랑나비 훨훨 날고
느티나무 아래 동막골 우물
공깃돌 그늘도 씻어 주고
구불텅한 뱀 길 뚫어 읍내 우리 집이 나오겠다

뒷산 자락 개복숭아 열매로 매달려 며칠을 살았다

길 가운데 울도 봉당도 없이
댓돌 위 신발 벗는 토방 햇살
복숭아를 따 놓고 우릴 기다리는 아이가 있었다
땅 뺏기 놀이 하며 해를 넘기고
저 논배미 끝자락엔 누가 살까
어쩌면 외동딸 먼저 보내고 거기서 옷 벗는 미친 여자
아득히 있을,

＞

우리는 그 애와 함께 길을 나섰다

개복숭아 까슬하고 단단하나 향기 깊어

닿고 싶은 저 먼 곳 어디에도

그 환해지는 향내 숨었을지 몰라,

산길 목화 다래 흰 꽃몽 다디달아서

돌아오는 어스름이 목화꽃 등燈 밝혔다

그 집이 보이네요

감나무 잎 그늘이 문지방을 덮어 쏟아지네요

* 느른국: 굵은 면발의 칼국수.

슬픔이 세상에서 하는 일

이른 꽃나무 아래로 훅 들어선다

한 파람 두 파람 꽃잎만이 순미하다

하얗게 날리는 진심을 맞이하다 보면

나도 훗날에게서 오늘이 스칠 텐데

저 아래 가시덤불 세상으로 멀어져 가는 꽃잎 나
비 떼

무게를 넘어 영혼에 흔들리는

미농지 같은 슬픔 하나

도래到來

능 굽이가 고요하게 출렁인다
능은 남좌여우男左女右, 보는 이 편에서 이러하다
혼유석과 장명등이 섣달 보름 한낮의 햇볕을 끌어
모은다
솔바람도 망주석을 에돌아 쉬는 자리

소나무 병풍 뒤를 돌아본다
언제 어디서 도굴되었는지 짧은 내 그림자 또렷하다
투박한 육신을
막사발로 잔디에 앉혀 보는 이 평온
대충 철저히, 기반을 사모했던 한 사람
명당 앞에서의 성장한 궁중 복식인가

이렇게 청명한 날은 국보로 지정해도 좋겠다

내가 담긴 막사발에 동백 꽃나무 그림자 드리우면
그대 담긴 막사발에 동박새 웃음소리 살풋 머물겠군요

\>

입춘을 기다리는 지금

육경원毓慶園 비석 받침돌에
영지버섯 무늬 새겨 넣던
흰옷 입은 옛 가인의 정丁 소리,
양달의 따사로움과
각진 응달의 등골 시린 냉기
서로 팽팽하다

문득, 길도 아닌 솔밭 우듬지에서
눈 덮인 새끼줄을 타고
능 잔디로 성큼 올라서는 이가 있다

내게 도래한 운기를 막을 방도가 없다

사루비아

화단에 키 작은 앵두나무 가지 불 밝혀 갔다
영근 앵두 가지 휘어진 것이
어린 나를 무릎에 앉혀 보는 아버지 같다

그때는 말이다, 앵두가 새금해지는 얘기
우물가 동네 처녀 어머니 뒤에서
눈 가리고 놀리던 일,
막냇동생처럼 웃는 아버지

내가 태어나던 무렵
아버지는 충주 시내
마당 너른 큰집이 폭격을 당해서
돈도 땅도 없었다
그 많은 충주 범혈리 산과 농토는 큰아버지 거였다
앵두나무 솔기에 걸린 푸른 하늘은 아버지 거라서
맑은 눈빛으로 내게 천자문 가르쳐주며 다정하셨다

내 외조부 도움으로 사들였다는 은정 요정집

너르고 반듯한 골기와 살림집 한 채
어머니는 큰 마당에 꽃밭 일구고
저녁마다 비닐 멍석 씌웠다
무서리 아침
꽃밭에는 허리춤 오는 사루비아 꽃대가 붉게 일어
섰다

내가 약혼을 하던 날
새 신랑감은 내 손을 덥석
사루비아 한가운데로 성큼 들어선다
아끼시던 꽃밭을 헤치다니
뒤돌아보니
나보다 열아홉 많은 어머니는 앵두 볼로 웃고만 계
셨다

아버지도 엄마를 손짓하여
꽃밭에 들어서 사진을 찍는다
타오르는 꽃들도 살짝 옆으로 비켜 주었던가

그때의 사진,
앵두가 햇볕 튕겨 낸 빨강 속에서 보이는 것 같다

가을 하늘은 여직 사루비아 속을 드나드는데

검은 숲에 빵 조각을 던지네

동화책 행간에 입김을 흘려 두네

숲길에 헨젤이 빵 조각 뿌려 두었네 저녁의 새들
길섶을 모두 쪼아 먹었네 이를 어쩌나, 헨젤과 그레
텔은 집으로 돌아가지 못하고 갇힌 숨 몰아쉬네

가슴이 쿵쾅쿵쾅 동화책에 코 박고
엎드린 소녀는 발을 콩콩 굴렀어
아가와 동생들도 방바닥 두드렸지
오줌 자락 지린내도 모르면서 까르르

소녀는 연필로 낱말 카드를 썼어
똥싸개, 오줌싸개, 울보
아가와 동생들 등에 하나씩 밥풀로 붙여 주었지

너희는 길을 잃지 않을 거야
헨젤과 그레텔은 바보

손바닥으로 노랑머리 바보 두드리며
소녀는 함께 깔깔거리네
마귀할멈의 초콜릿 기둥 붙잡고
아가는 창문을, 동생들은 지붕을 뜯어 먹었지
달콤한 숲이 어두워지기 전까지

숲길 모퉁이 찐빵 가게
따끈한 빵떡을 먹는 아가와 동생들
떨구는 부스러기를 주워서

우리는 동화책 속 숲길 위에 빵 조각을 얹어 두었어

새들이 다 주워 먹기 전에
헨젤과 그레텔이 집으로 돌아와야 해

아가와 동생들과 소녀는
마지막 기도가 통하라고
손을 모았지

>

우리는 한때 깊은 숲에서 살았던 적 있어

첫 여름방학 에스키스

푸른 모시 원피스 일곱 살 소녀
스물일곱, 모시 치마 적삼 엄마 손을 잡고
외가에 간다
필疋을 펼친 길은 곧고 하얘서
흰 모시 날개 위로 미끄러질라,
성글게 울던 참매미
손바닥에 올려놓고 들여다보며
정자 마루 푸른 그늘도 날개 같다고,

마중 나와 뜰에서 서성이는 외조부 흰 도포 자락
녹 푸른 무궁화 담 너머
어스름 박꽃 피는
모깃불에 물 적신 모싯대 던지며
은하수 자락에 모시떡 찌고 밀국수 삶는

우물가에 나리도 분꽃도 저녁 이슬로 푸새를 하는,

손톱에 무명실로 칭칭 쳐 맨 봉숭아 꽃물

생모시 이불 적시는 저녁
행랑채 여물 솥
새벽 돌절구 소리에
밤새 물갈이 배앓이로

쓴 익모초 즙을 투정하는 아침이 오고,

엄마는 다듬잇돌 밑에서
녹색 부전나비 날개 나뭇잎들 조심스레 꺼내
도화지에 잎사귀 모음 숙제를
공들여 해 주시던,

라르고

늦은 봄을 지르밟은 무릎이 여지없이 욱신거린다

모두 손 놓고 강사의 발동작만 들여다보는데
나는 신사에게 잡힌 손을 뿌리치지 못한다
안압이 높아 앞을 못 본 지 몇 해라고
(세상 더 볼 게 뭐 있나요? 안 보면 속 편하죠)

곡만 듣고 이끄는 그는
안 보고도 능숙해서,
휘돌리다 넘어질까 조바심인 나는 숙녀가 된다
손잡아 주며 굿, 굿 하는 강사는 모른다

내 다리는 춤출 때만 멀쩡하다
끌려간 승용차가
한강 둔치에서 기다릴 것도 잊는다
장안평 퇴근길 왈츠 홀
연구 대상이라던 직장 동료의 직언

\>

호시절 축제 포크댄스 신나래 교수도,
밀레니엄 서초동 왈츠 강바람 교수도
뒷골목에 신명을 내렸다
새 커리큘럼 댄스스포츠를 위해 발바닥을 찾느라
교정의 꽃들 시들 줄 모르고 오래 피었다

지하 홀 사면의 벽 거울 속으로 흰 날갯죽지 언뜻
언뜻 돋아나면
두 다리는 동이 나고
나는 또 두문불출,
바람벽을 걸어 둔 내 영혼 저 혼자 샷세를 밟는다

오늘 손잡은 이 반맹 신사와
몇 번이나 더 스텝을 밟을지 내 다리만 안다

괴강槐江 7
—두부가 있는 저녁

물오름달 밤하늘에 퉁퉁 불린 별들
달빛에 엉겨든다

어처구니 잡고
불린 콩을 곱게 간 기억 속
뜨끈한 손두부 한쪽 쥐여 주던 거스러미 손
마음도 그날의 면 보에 목침을 괴어 둔다

하루 한 장씩 월력을 떼고 싶던 식감이 되살아난다

두부모를 두툼하게 썬다
노릇해지도록 팬에 들기름을 두르며 뒤집는다
무 싹과 올리브유 식초 간장 웃기를 얹으면
구름 접시 위로 보름을 슴슴하게 품는다

물오름 소반 상은 어제 일도 겸상에 든다

당신의 흰 머릿수건 아래 이마 위로 비지땀 솟구치는

그때,

숫물[*] 간수는 여일하여

거스러미 손끝에서만 순하게 엉기기 때문이다

* 숫물: 순두부의 충청도 방언.

진주 귀걸이를 한 소녀*

목이 길어서 깊이 숨 쉬는 오늘이다

맨 처음 소녀의 심장에
먼지 알갱이가 구동을 걸어 준다
커튼 뒤 유리창에
묵은 햇살을 닦아 내는 소임은
고향 외양간에 뉘를 던져 주는 일,

오리엔탈 터번은 어느 색깔로 섞어야 할지,
포트레이트를 가마 속에서 어떻게 구워야 할지,
떨리는 손끝으로
진주 귀걸이 모델을 서는 일이,
청아의 배경이 될 줄은 알지 못한다

군청색 배색이
하나뿐인 백 케이스 그랑 소네리 모드로
쿼터 분 시간 순서로 번져 간다

사원 앞 흰 바리케이드 길을 지날 때
돌아다본 신사가 감탄한 미모이지만
글에 도통 깜깜한 소녀일 뿐,

흰색 에이프런과 모자,
물동이 나르며 아버지 빚 대신
화실 설거지를 해야 하는 처지

탁자를 밀쳐 정물의 간격을 떨어뜨려 보았을 때
공중 비늘이 번득이며 생동하는 걸 알아차리는,
소녀의 대서양은
침묵이라는 질감으로 개켜지고
먼지 가루 화실이 감빛으로 떨린다
새의 깃털처럼,
고향 텃밭의 고추처럼 알싸해진다

여린 귀 뚫어 귀걸이를 채워 주는
젊은 주인의 눈빛과 손놀림에

이칸서스 잎과 튤립 향기 배어 있다는 걸
소녀는 알지 못한다

시계탑 종소리에 손목시계 바늘을 맞추는 순간처럼
아주 작은 불규칙에도 쌓이는 헌사
진자 뒤 광채로,
영락없는 공空의 깊이가 될 때
살아 숨 쉬는 소녀

모딜리아니 미녀보다 목이 긴 소녀가
시계 뒷면**에서 어제보다 오늘 젊어지고 있다

* 〈진주 귀걸이를 한 소녀〉: 네덜란드 작가 요하네스 페르메이르의 그림.
** 시계 뒷면: 스위스 시계 바쉐론 콘스탄틴의 '캐비노티에 웨스트민스터
　소네리'에서 영감을 얻음.

괴강槐江 8
—명덕산 노송老松

있으면 먹고 없어도 그만이던 그때

늙수그레한 한 걸인이 있었다
길게 늘어뜨린 뭉치 머리에 솟은 콧날, 구릿빛 입술
눈매에 숨긴 눈빛
갈라진 날장딴지 옮길 때마다
황톳빛 그림자

동녘을 앞세우고 그가 대문 들어선다
우리 집 차례라고 참새들 날아든다

여름이면 멍석 깔고
열무김치 고추장에 풋고추, 애호박 된장 보리 밥상
겨울이면 사랑채 아궁이 불 거울 앞에
깍두기 동치미 콩국, 차조 밥상

그가 걸어왔다는 산기슭 아무도 모른다
둥지 새들만 날아오를 뿐

\>

끄트머리 밥상에 다가앉은 정수리
고봉高峯 바닥까지 우묵하게 허기를 퍼내다가
나와 단 한 번 마주친 눈빛
호기심이 화살 꽂는다

상서롭구나 상서롭구나
어머니 속엣말

있으면 나눠 먹고 없어도 그만이던 그때

스님도 목사도 선생도 허물없다는
글도 시조창時調唱도 한다는데 들어 본 적 없는,
그가 있었다
낫날 들듯 빗발 쏟는 여름날도 흙 맨발로
짚단 같은 눈밭 속에서도 붉은 맨발로

나는 명덕산을 올라가 보기로 한다
소대한小大寒 눈바람이 코끝 에이는데

늘 푸른 낯색 소나무 한 그루,
흰 눈을 고봉高峯 담아
아름드리 그릇그릇, 분질러질 듯 받쳐 들고 서 있다
가난한 절벽이 우뚝 서서 두 팔을 뻗어 오는 것 같아
발을 헛딛는다

한동안 오지 않던 그는 간데없고
가지에 걸린 눈덩이 툭, 어깨를 친다
누더기 햇볕 몇 올 걸려 있다

있으면 나누어 먹고 없어도 그만이던 그때

그 겨울의 햇살마루

차마 문을 다 닫지 못했지 삐걱 소리 날까 봐, 아이들이 꾸던 꿈을 깰까 봐, 그해 겨울 빈 사무실 살림을 들였던 일원동, 일원동이 살게 해 준 그 집 조금만 더 따스했으면, 막내와 둘째 첫째 이불 밑 삐져나온 조그만 발들, 아침 식사와 점심 도시락을 싸 놓고 한남대교가 끊어지기 전에 어서 건너야 했던 그 새벽 출근길, 한강의 동녘 틈에서 새 떼가 까맣게 새어 나왔지 잠결에 막내가 나와 울었다던가, 변소 가던 옆방 김포댁이 보았다고, 그때 문밖 난간으로 걸어와, 창문을 열어 주고, 아이들에게 동치밋국 퍼다 먹인 사람, 붉은 수수깡 울타리 속 검은 연기 헤치고 숨을 트며 보았다던, 그 뒷모습 누구였을까?

제3부

석송령 보굿 1
—인터컨티넨탈 그랜드 샐러드 볼룸

    추풍령도 죽령도 아니오, 조령고개 영남 도령이 괴나리봇짐 메고 과거 보러 오르나, 회룡포 생가 삽지거리 옷고름같이 풀려나온 몰개이밭 맨발 가시내야, 흐르던 강물 치마폭 뒤트는 물 도리 한가운데서 가슴 콩닥대던 가시내야, 행랑 꼴머슴 들돌 들지 못하던 날에 내성천 복사꽃 바구니에 볼 묻은 가시내야

    서울 벼슬 아들 손자 구순 잔치 어화둥둥, 우리 어머니요 우리 할머니라오

    나루터 삼강주막 황토 벼름박에 외상 긋는 슴베찌르개 목로 할배도 달빛으로 짚신 삼는가, 임란壬亂에 끓이던 토방 할매 애 국愛 國도 유구한 교지인 것을, 자운루 솔숲 샘가에 새소리 휘감기듯 들리는구나, 이성계 도읍 꿈꾸던 금당실 온수골에 헹궈 온 치렁머리 초간정 같았으니, 세금 내는 육백 년 석송령 노적보다 구십 평생 외따로이 생솔가지인 것을

서울 벼슬 아들 손자 구순 잔치 어화둥둥, 우리 어
머니요 우리 할머니라오

　천년 숨결 단슬얼 아리따운 따님 회화나무 가지 물
동이 적시네, 돌아오지 못한 지아비 이름 석 자 알아
보지 못해도, 무시로 밥 묵었나? 용문사 태실 치마
밑에 키운 유복 독자 다섯 살 고내이 젖 먹일 적, 군
밤 따끈하고 장䕺물 한술 목 넘겨 주었을까, 쌍절암
푸른 절개 낙화 못한 까닭은 치아 무너진 시어른 반
주 놓을 용수를 빚어야 하기 때문

　서울 벼슬 아들 손자 구순 잔치 어화둥둥, 우리 어
머니요 우리 할머니라오

　대추나무 목각 탱, 노모의 삼우제 날에서야 당신
누더기 꽃 살 세상 밖으로 져 내리니, 뭐라 쓰여 있
노? 나의 시모님 파평 윤씨 가문에 태옥 어른, 머름
청판* 풍혈**이라, 당신은 영락없는 내성천 부자나무

석송령 천년 보굿 아니겠는겨!

　서울 벼슬 아들 손자 구순 잔치 어화둥둥, 우리 어
머니요 우리 할머니라오

* 머름청판: 창문, 창틀 아래 공간을 막아 댄 널판.
** 풍혈: 가구 속의 통풍을 위하여 뚫어 놓은 구멍.

석송령 보굿 2
—백사장에는 굽이가 있습니다

아얌*에 삼단 댕기 늘어뜨린 강가에 그녀가 있습니다
긴 치마 살짝 들어 올린 여인
벗어 든 제비부리 꽃신 초승달 굽,
사락거리는 홍매화가 봉싯봉싯 피었습니다

달빛 뜯는 거문고산조 강줄기 윤슬에 분분히 내려
앉을 때
섬섬옥수 댕기 풀고 버선 벗는 두향杜香** 같을까
먼발치 스물네 쪽 치마폭 스치는 소리
그녀의 물 도리가 있습니다

젖가슴 찰랑이는 사랑과 충절의 단슬얼***
전설처럼 겨울과 봄이 맞닥뜨려
가물어도 줄지 않고 추워도 얼지 않는 암향부동

떠꺼머리 씻어 빗은 꼴머슴 얼굴색 휘영청 떠오르니
단술 예 감천,
님께서 닦아 놓은 면경이 되고

>
묵혀 둔 지장촌 꽃잎
강물에 색색이 풍등을 띄웁니다
관자놀이 얼비치는 저 물결 저 바람
진홍으로 가뭇없어라
사분한 낙동강 내성천 사람들
단술 항아리 솔 향으로 백사장에 모였으니

강가에 소백 기슭 도리하는 그녀의 초생달 굽이 떠
내려갑니다
그녀의 치마폭에 홍매화 수繡 져 내립니다

* 아얌: 겨울에 부녀자가 나들이할 때 머리에 쓰는 쓰개.
** 두향杜香: 퇴계 이황이 사랑하던 기생 이름.
*** 단슬얼: 신라 시대 예천의 지명.

93

석송령 보굿 3
—동제洞祭가 있는 저녁

눈 덮인 반송밭에 청단놀음 여섯 마당,
정월대보름이 물오른 풍등이다
다홍치마 차려입고 가출하는 각시탈
몸져누운 흰 수염 탈
서모를 찾아 나선 노름패 칼부림이 무참하니
그 재앙 그 불똥, 아쟁이 대금 소리

나루터 삼강주막 미꾸리 국에 막걸리 한 잔
권커니 잣거니 청포묵에 복 불고기 내오는구나!
내 원래 비룡산 기슭에
멧돼지 팔매질하던 슴베찌르개*이었나니
술잔도 내 단단한 이마로 쐐기 받는구나!
용문사 팔작 기와 들림 난간 주춧돌 디딜 때도
윤장대 꽃살 짜맞출 때도 글 못 읽는 이,
애 국愛 國이야말로 바람벽이 통점이로구나
꽹 그랑 카랑카랑
꽹과리가 먹먹하다

>

행랑 꼴머슴 회화나무 아래 들돌 들지 못하던 날에도

부서진 촉, 종택 짓고 가죽 망태 지르는 동안

임진년에 짚신 삼던 자운루 박공지붕에 슴베 자루 쳤나니

단슬얼, 신라 적부터 대문채 문간채마다

종중 서당 기단 위에 기둥머리 초익공을 꾸미고

대청마루 동자기둥에 종도리 받치던 날에도,

둥 당 둥 당 둥 당 둥 당

장구는 멈추지 않네

동제는 아직 사설이 광휘다

홍자락 좇는 흰 수염 탈이 날 춤 달아매듯 사뭇 통사정이다

어깨춤 추이는 고수의 시김새가 소문처럼 한 거리 더 젖혔나니

저무는 사랑에도 기럭지가 있구나

강물에 수놓은 풍등 너머

불 댕겨져 날아가는 슴베 촉이 사위는구나
휘둘리는 채에 징이 가없이 울리네

고래 등 한옥 금강 실 돌담길로 사라진 달빛 나그네
꿈속 선몽대의 미열이듯 선연하니
백사장 위 낙안이듯 제祭가 끝나지 않네

대금이 앞서가고 꽹과리가 뒤채고 장구가 뒤따르네
그리하여 단 한 번의
징 소리

* 슴베찌르개: 슴베가 달린 찌르개. 슴베는 칼·낫·호미 따위의 자루 속
  에 박히는 부분을 말함.

골목과 손가락을 걸지

꿈속에서도 아는 길 종종걸음 앞서면
어머니는 바느질 아버지는 텃밭을 일구고
장독간 채송화도 발자국마다 속삭여서
막냇동생 꽃 따라 나비처럼 아장거리지
손가락을 걸며 골목길 생쥐와 들락날락 놀자고,

눈 감으면 보이는 길 능소화 붉은 길
동네 아이들 숨바꼭질하는 실개천에
풀무치도 피라미도 돌 틈새 도망 다니고
능수버들도 바람 자락 잡고서 나 찾아 봐라
빠끔히 잎새 송아지 음매 들판이 되고

밖에만 나돈다는 어머니 부지깽이 매
하나도 아프지 않고 뱃속만 꼬르륵
뱅뱅두리 냉국수 호박 고명 새뜻하여서
골목이 섰다 앉았다 고개도 끄덕여 주고
나는 또 자운영 꽃반지 끼고 화관 쓰고

달력

11월 11일 11시 11분 11초
글루코사민 한 알을 삼키고
물 한 모금 넘기는 사이
시곗바늘이 바르르 떨린다

사내아이 일 학년 여름방학은
7월
31일 32일 33일 34일,
그리고
아이는 일기를 더 이상 쓰지 않는다
37일도 38일에도
해는 서녘 목울대로 넘어가고
밥을 먹고 놀다, 놀다 밥을 먹고 잤다

그래도 아이는 콩나물 대궁만큼 앞가슴 벌어져
7월 39일, 그다음 날은
8월로 접어들지 않았는가

엄마 아빠 봄바람에 서로 흩어지면서
지린내 지르는 할머니 자리에 두고 간 아이
그해 겨울 엄마가 달려와 잠시 품고 갔다는 아이

12월 12일 12시 12분 12초
글루코사민 한 정을 삼키고
물 넘기는 사이
시곗바늘은
발가벗긴 열꽃 송이 들쳐 업고 다급히 뛰어오른
소아과 계단들로
와르르 굴러내린다

업혔던 내 등짝에 열꽃으로
모닥불 지폈던 그 겨울날이듯
어느 집 가장이 되었을 그 아이

엄지발가락 걸고 손 갈고리 걸고
크레바스 홈 더듬어 아슬아슬 풍경 몇,

어느 곳을 향하여 딛고 있을까

13월 13일 13시 13분 13초

감자를 먹는 사람들

행랑채 한지 방문짝에 군용 담요를 둘러치는 저녁

야미 전기 불빛
길가로 어렴풋이 새어 나갈 때
그 둥근 두근거림 같지 않아?
황토벽, 그 안에서
한 입 베어 무는 뜨끈한 김 서림
함지박에 거스러미 손아귀들
밀수제비 양푼 위로 구릿빛 반짝였던가
피난살이 보릿고개 프레임으로 둘러앉았던,

도드라지게 밝아 오는 길 밖
군화 발소리

새의 기억

껍질 속
새의 발가락은 분홍으로 버둥거릴 때 더 환해진다

결은 미끄러지거나 출렁이고
부러진 우산살처럼 젖은 깃털 함부로 접혀 있는,
희고 둥근 나를 둥지에서 꺼내 든다
감꽃인 양
아이는, 코를 박고 킁킁댄다
흔들어 본다
손톱 끝을 지그시 눌러 박는다
떨리는 손끝으로 내 눈두덩을 지그시 찌른다
헝클어진 숨결
죽지 위로 꽂힐 때
눈두덩을 찔린 길바닥의 기억,
결은 가파르거나 천 길 낭떠러지
내다 버릴 생선 뼈처럼 나의 젖은 깃털 함부로 말
라 간다

\>

침묵을 꿰뚫는 아이의 까만 눈동자
조각난 껍질 속, 찢어진 막 사이로
내 젖은 이마에 감긴 눈두덩
마주했을 때,
부서진 빛은 서럽게 환한 것이에요
짧은 흐느낌조차 지나치게 일러
욱신거리는 겨드랑이, 물컹한 무게 엎질러지고
여물지 않은 내 깃털에
대차게 차고 오를 푸른 하늘과 초록 냇물

껍질 속
나의 발가락은 분홍으로 버둥거릴 때 더 환해진다

아기의 무게

어미에게서 달걀 받듯 건너온 품이 살갑다

뽀옹~

작고 분명한 소리,

태내 적 숨이다

창밖 구름 엉덩이도 살짝 들린다

아기 목욕물이 알맞게 따뜻한지 어떻게 확인할까요?

'씻기기 전에 발꿈치를 먼저 넣어 봅니다!'

뭐 발꿈치라고? 교실은 까르르

누구 소녀는 웃다가 웃음 속으로 방귀를 뀌었을 게다

졸면서 읽어 간 예습처럼 물이 불이 될까 싶어

아기 목욕물에 먼저 팔꿈치를 담가 본다

어머니 양수 같은 수온

강보에 싸인 아기를 발 쪽부터 천천히 넣는다

표정을 살핀다

양막 안 태아로 돌아가는가

눈을 감고 몸을 둥글게,

살그머니 태곳적이다

갓난아기 산모 조리원에서 두 주,

오늘 축하 풍선들도 꼬리를 살짝 흔들어댄다

배냇짓 까르르,

먼 세상에서 온 입을 오물거린다

백학봉이네

소전거리 신작로 큰 대문 집 몇 채
소 잡는 백정 집이다
길 밖으로 목로 미닫이문을 내고
뼈와 내장으로 장국밥을 끓여 파는데

그중 큰 대문 집 백학봉이는
어깨가 떡 벌어진 허드재비 장정
마당 안으로 들어서면
아무나 드나들 수 없는 안채가 있다

그의 시집 못 간 여동생이
몰래 머슴애를 낳았다는 소문
광자 아버지를 쏙 빼닮았다는 얘기가 돌았지만
모두 검지를 세워 쉬쉬했다

내 친구 광자 아버지는 경찰이다

광자네는 간첩을 잡아 삼천만 원 상금 받아

서울로 이사를 가 버리고

백학봉이 동생 젊은 그녀가
칠성 어느 봉놋방에서
봄밤에
발가벗은 채 죽었다는 소문

백학봉이는 도살하고 해체하는 일을
몇 년 악물더니
서울 광교에
간판 없는 푸줏간을 차렸단다

여동생 기일에는 가게 문을 닫고
종일 도刀와 검劍을 닦는다고

동지冬至 색종이

노란 색종이 오려 도화지에 척 붙였더니 애기동지였어

상현달도 반으로 접혀 팔랑이고
발목에 목양말이 내려오는데
동치미 항아리 벌써 바닥을 보이지

무 대가리도 길 가는 청년 종아리 같아서
간이 맞아야 웃어

눈썹 짙은 눈사람 하나 골목 귀에 세워 두고
마당귀 들추어
눈석임물 동치미 양푼 가득 퍼낼 때면
올차게 당기는 땅 냄새
선사시대 움막 아낙이 되고
동굴 속 수렵도 이지러져야 동치미 국물 맛 우묵해
지는 거야

사과 배를 동치미 독 밑에 접어 두는 건 귀신도 몰라

삭힌 고추에 청갓 얹어 소래기 여며 두면
쏟아져 내리는 싸락눈도 맛으로 우러나지

잠자던 사내아이 잿간에 오줌 누다가
눈 감은 채 숨 쉬는 냄새
어머니의 어머니, 그 어머니의 어머니 적
행주치마에 생강 쪽파 향
행랑 할멈 김칫독 그러안고 꾸는 꿈
밤새 들락거리고

연탄 골에 쓰러진 이에게 새도록
동치밋국 동이째 퍼다 먹이더라는 동장군 이야기

큰바람에 가랑잎 숨고 대문 경첩 헐거워지면
동지팥죽 새알 그릇 나란히
이 집 저 집 고사떡 판에
동치미 무 두툼, 쪽달 떠오르지

>

색종이를 오리는 동안 동지冬至는 가고,

정월 보름 대추찰밥이 더 달아지는 동치미 무쪽
보소! 동장군이 한달음에 언덕배기 줄행랑 놓더라고
설 지난 동치미는 벌써 본마음이 아닌 거지

무 대가리도 간이 맞아야 웃어

동지 지나 설, 대보름을 다 쇠고 나면
발목에 목양말이 흘러내리는데

  내 안에 색종이 달 환히 여물어 둥싯, 나이 한 살
더 살이 오르지

선배는 전화번호가 두 개

오래된 가옥일수록 마당 깊어 그늘 새뜻하다

뽑혀 나간 못 자국도, 금 가고 휘어진 서까래
깨진 주춧돌
추녀 끝 포물선도
태양 아래서는
날마다 새 그늘로 태어난다

가족 모두 건너가고 일로 혼자 남은 여자,
당신 키를 웃도는 마당 몇 채씩 성사시켰다
볕 드는 의자에 기대
일생 꿈은 화서지몽華胥之夢

바다 건너온 가족에게 굴비 냄새 풍길 밥상을 그린다
경주에 의정부에 호텔 칸이
구래역에 청라역에 비어 있는 상가가 몇
오피스텔 수십 채가 넘어
신혼에서 노인까지,

\>
집칸을 내주어 등 따습게 해 주는 일
들고 나는 장부가 더미인데
은행 세무도 손수
괄호 속에 괄호를 채워 간 십여 년

바뀐 번호로 전화가 왔다

들녘을 끌어안고 곡哭 한 번 못 해 본 배후는
이제 소란과 악다구니뿐
질긴 미역귀를 통화 속에서 남은 잇몸으로 씹는 그녀,

해피 버스데이, 메리 크리스마스,
바다 건너 카톡만 번질나다고,

상숙아 천만 원만, 구천사백만 원만,
몇 해째 인심을 버리고
겨울 국세에 거덜이 난 나여서

>
낯 익치 신 사림들
집을 빼 달란다고
제 몸이 물귀신 너울인 줄 모르는 굼떠지는 몸

법은 예술이라지?
추깃물만 바닥을 적시니

이십여 년 전 중도금 오천만 원 대납으로
막힌 숨 골라 주던
대선배

폴란드 망명정부 백지수표*로 함박 눈발 쏟아져 내
린다

* 1945년 7월 유대계 폴란드인 은행가 브로니스와프 베레니케가 폴란
드 망명정부로부터 받은 백지수표에 서명한 사건. 국제 금융사에서
큰 이슈가 되었으며, 이후 백지수표 발행은 법적으로 금지되었다.

괴산 여관집 유이수 선생님

점심시간 끝나면 동시 한 편 읽어 주고
공부 시작하는 선생님이 있었어
큰 여관집 딸이셨지
맨 처음 본 요술피리* 동시집
우리는 상상도 연주될 수 있다는 걸
알게 되었어
선생님은 동시를 읽던 목소리로
우리 반에서 제일 예쁜 아이가 누군지 아니?
아이들이 눈을 반짝였지
음, 정희가 정말 곱게 생겼단다 맨 앞자리
키 작은 아이는 얼굴을 두 손에 묻었어
아무도 속상해하지 않았어
아무도 목소리 높이지 않았어
엎드린 정희가 허리 펴길 기다렸을 뿐
역고개 너머 외떨어진 갱치 동네
길도 아닌 시뻘건 산비알에 붉은 토방 한 칸,
돌짝밭 청보리는 아직 푸르고
봄내 소나무 껍질을 벗겨 먹었다고 했어

친엄마도 친아버지도 아니고
주워 온 아이도 아닌데
아버지가 죽어 새아버지가 오고
밥을 굶은 엄마가 죽어 새엄마와 산다고,
달같이 흰 정희 얼굴
아무도 선생님 말에 샘을 내지 않았지
보리까끄라기같이 굶은 날에도
종달새 날던 푸른 하늘이 있었어
점심시간 지나 5교시 동시 밥을 기다리던,
소나무 숲에 철쭉꽃 피는
어린 3학년 늦봄
주근깨 반짝이는
유이수 선생님이 있었어

* 이영철, 『요술피리』, 글벗집, 1958.

사과를 깎는 시간

사과를 깎습니다
붉은 껍질은 꽃이 흔들리며 망설였던 거리입니다
피울까 말까, 시간의 굴레가 영글었습니다
씨앗의 일가들이 칼날을 지나 흩어집니다
푸른 그림자 속으로 뿔뿔이 흩어집니다

사과를 깎습니다
우리의 둘레를 깎습니다
향기는 공감각적 두께로 앉은 벌레 소리입니다
잎사귀 사이로 내린 별빛이 고스란히 부서집니다
대롱거리던 표정과 비바람에 사정없이 흔들린 시
간이 잘립니다
사각사각 일가들은 잘도 헤어집니다

사과를 깎습니다
귀에 익은 발자국 하나가 멀어집니다
칼날이 스쳐 간 자국, 그 아래로
멍의 둘레를 따라 나는 고요히 걸어 내려가 봅니다

>

아주 사소한 이파리 하나가 붉어 가는 사과의 볼 위
로 나볏이

스쳐 내린 길입니다

혼자 붐비는 저녁

새 한 마리 눈 내리는 동녘으로 날아간 저녁
외딴 숲 불 밝힌 국숫집
저녁으로 가는 숲을 배웅 나온 아치
요정과 마주할 자리
눈 덮인 낮은 둔덕은 강황색 공깃밥 같아서
내 눈길로 덜어 내 보는
멀지 않은 이 먼 길

동그란 창문가에 유기농 국수 한 그릇
고개를 빼고 가까이 오는 여우 발소리 기다릴 때

먼 길은 멀리에만 있는 게 아니어서

나는 가깝지만 먼 길 위에 오늘의 순례자
발자국도 내지 않은 숲속 눈길 위로
태어나 처음 재주 한번 넘고 있을 새끼 여우를 떠
올리며
고개 쪽으로 눈길 돌린다

>

따끈한 양지국 면발 눈 녹듯 부드러워
멀리 찾아온 산장의 약수터 저녁 같은데
녹두 싹을 틔워 날숙주 고명을 얹어 오는 젊은 주인
아삭, 초원을 흔들었을
원시 둔촌 산성에 터 잡았던 후예가 아닐까

아직 저녁 손님 닿지 않은 이 집에
점순이 삐뚤빼뚤 위문편지처럼
낯선 내가 안녕을 묻는다
산길 가로등이 한 마리 짐승 흰빛 동굴을 파 두었다
그 너머 어둠 속
도깨비 눈송이들 작은 북을 두드리는 난쟁이 마을이다

오늘 아침
영화 장면 속 지하철 유령 같던 사람들
갈림길은 상수리나무를 사이에 두고 벌어지고 있어서
어둠 속 갈랫길 돌아날 때
국물 한 모금 넘기며

오래 끓였을 무쇠솥 자라 솥뚜껑을 생각한다

병원 약 보통이 받아 나오는 9호선 종착역
외딴곳
어디서 끊길지 모를 국수 가닥 산길 위에도
솥뚜껑 산장은 엎혀 있어서 나는 이 저녁
그 문을 활짝 밖으로 열어 본다

가로등 동굴에 낯선 사람이 발자국을 찍으며 오고 있다
돌아갈수록 멀리 떠나온 내가 발자국을 따라나서면
그는 내 자리의 온기를 받아 앉을 것이다

멀리 걷는다는 건 나를 나에게로 가까이 데려가는 일

제4부

처음의 집

나의 처음을 가진다는 것

처마 밑 작은 둥지에
입만 가진 새끼 제비
분홍으로 입 벌리는
새벽의 여명이다

나의 처음에는
맨땅에 고래 들이고
돌기둥 돌벽 세워
문을 달아 울력으로 세운 집이 있다

지붕을 잇대고 넓혀 가는
비알 둔덕 산담 같은

나의 처음에는
손금을 일갈한
땅 손,

아버지의 거스러미가 있다

진종일 물거미 어룽거리는 눈꺼풀,
닳아 버린 쇠뭉치처럼
헐렁해진 괴춤처럼
아버지가 그곳에 앉아 있다

나의 처음에는
긴 돌 짧은 돌 엇박아
손기름 때 쓰다듬는 출입 벽이 있다
난달 바람 어르는
깊숙이 안고지기 문짝 열어젖뜨리면
따끈한 소반 한 상
다시 집이다

오지 씨간장 독 올망졸망,

나의 처음은

삼짇날 돌아온 제비가
시누대 빗자루 끝에 맴도는 격자무늬다

겹담에 참꽃 붉게 청산이 피어나는
집이 있다

날개의 위치

　아카시 꽃잎 하나, 손바닥 위로 앉았지 파닥거리
는 한 마리 작은 새 같았어 오월 오솔길처럼 착해지
고 싶었지

　아까시나무 그늘 밑 묘지 울타리에 기댄 채 꽃잎의
항로를 상상했어 꽃에서 봉오리와 가지로, 밑동에서
뿌리에 이르렀지

　내 안에도 수많은 항로가 있어 샤모니, 몽블랑 언
덕 눈밭에 흘린 투어멀린 브로치, 그것들에게도 기
억의 위치가 있을 거야

　빈 하늘이 꽃숭어리 휘어뜨리게 하고, 들어설 자
리 없는 입석에도 사유의 바깥은 출렁여, 문틈에 낀
사소한 새소리를 알아차리는 여행자의 저물녘

　아카시 꽃잎 날아올라 나비잠 속으로 배냇짓 까르
륵거리는 마을 지나 낯선 골목, 흙투성이 보닛 위로

126

면회 한 번 못 간 엽서 흘림체의 여백으로, 그 흰빛
은 어디까지 갔을까

　살이 부러지고 철심 기운, 날개여 애당초 길이 있
기나 했던가, 막무가내 길들여진 날개여, 험준했던
준령들, 아득히 한 번쯤 최후의 하늘에서 오로지 가
벼워지기 위해 퍼덕이는 꽃잎이 되어

　드높이 솟구치다가 죽지 찢긴 그때 바닥으로 떨어
져 내리며 나뒹구는, 맨 나중의 공중, 무섭도록 아름
다워라 날개여,

첫차

환한 덧니가 영정을 물고 있다
부음은 여태 기다리고 있었구나
이곳은 생각보다 따뜻하다
혜화동 대학 병원 장례식장 한밤의 보일러 굉음이
블랙홀이다
한꺼번에 몰려드는 눈발, 국밥 말아 먹듯 휩쓸려
간다

방 윗목에 눈 덮인 교복과 찹쌀떡 목판을 세워 두고
모나미 볼펜과 파카 만년필 좌판 그리고 문구 캐비닛
끝내 가 보지 못한 장학생 대학 합격증을 끌어안고,

영정 속 덧니는, 네모 속으로 문상객이 내어 준 사
각의 추억을 끌어들인다

종로에서, 덕수궁에서 우리 한번 마주친 적 있을까
흰 국화꽃 대궁 끝에 떨어질 듯 매달린 저 눈빛
아직도 인연이 남았는지 팽팽하다

>

단단한 잇몸 뚫고 좋은 내색이듯 빛나는 뻐드렁 덧
니, 누군들 함부로 웃지 못한다 알 굵은 사과나 고
구마를 통째로 베어 물어 아귀 귀신 달래듯 자리 내
어 줄 뿐이다

막차 전철도 끊어져 눈 쌓이는 저녁
총알택시 대신
대학 병원 아무 집 영정 앞 뜨신 바닥에 덧니로,
엎혔다가 꼭두새벽 일어서는 자리

고요의 임자

걸음을 멈추고

윤기로 가난한 꼬리를 오래 내려다본다

연못 공사로 임시 개방한 산책로

접근 금지 노란 끈이 가로질러 있다

산사나무 하늘을 둘러친 거미줄에도

햇발이 걸려 되돌아갔던가

녹비 푸른 길이 나를 들어선다

어스름이 낯선 경이를 거슬러 짙어지고 있다

감청색 기척,

>

까치 한 마리

뒤뚱뒤뚱 발자국을 엮어 가로지른다

이 길은 무엇을 더듬어 자리 내어 온 것일까?

고요히 더딘 숲길

키 한 벌 공중이 어슴푸레 으슥하다

환한 저곳

샛길 하나 풀려나오고 있다

비상

하늘 향한 저수지 눈동자 푸르고 투명하다

붉은 발바닥 어미 오리들, 기슭에 배 깔고
뙤약볕 꿈을 초록 그늘에 식히고 있다
얕은 데서 물장구치는 새끼들,
떠 내리는 햇살 조각을 주둥이 담방대며 잡는다
어미는 발아래 물살의 속도를 가늠해 본다
제 그림자를 박차고 오르던 날갯짓 속도를,
올해의 새끼들은 아직 이르다
물 밑 어둠이 깊어지기 전
새끼들을 불러들여야 한다

그들은 알지 못한다
닥쳐올 추위에 온몸으로 밀어낼 살얼음을,
타클라마칸사막 검은 바람 성좌 되어
엇 박 날갯짓으로 별똥별을 가로지를
단 한 번의 비상飛翔을,
그러나 결코, 혼자서 날아오르지 못한다는 것을,

\>

산허리 구름 몇 쌍 풍덩거린다
새끼들 날갯짓 가볍다
딛고 나아갈 물길 활주로 열린다

골짜기에는 그해의 가장 해가 긴 날에
가축 피 뿌리고
과실과 포를 올려 제사 지내는
제단이 있다

한 사내가 커다란 뜰채를 들고 다가온다

이 저녁 캄캄한 물 밑으로 게자리 별들
갈퀴질을 할 것이다

해바라기 사내

꽃무덤 아래 소금 바람 무자위*로 머문다
그을린 눈빛 해변으로 목 늘이면
잎 그늘이 청록이다 빼곡하게 청록이다

상이용사 아버지를 처음 본 일곱 살 소년

무서워 도망치다가 덜컥 뒷덜미를 잡혔지
바닷물에 던져져 캑캑거렸던가
눈 떠 보니 검고 커다란 해바라기가
꽃판을 푹 수그려
아이의 염도를 살피더라

어두워지는 못 둑에 그림자보다 앞서는 그의 어머니

갯벌 너머 깎아지른 선산에 봉숭아 꽃잔디,
어머니는 흐드러진 메밀꽃 소금길 아니면 돌아보지
않는다
바닷바람이

소금 더미에 송홧가루 끼얹고

저녁이 간수 냄새를 몰고 온다
아이는 기다리다 지쳐 까만 잠을 쏟아 놓는다
꿈속으로
귀 떨어진 아비 등에 높이 무동을 타면
가까이 은광골 개 짖는 소리도 두렵지 않다

달빛 뿌리 발가락 간질일 때

염수로 흐드러지게 결정結晶을 꽃 피우는 사내
낙조를 걸머지고 우뚝, 너른 이파리들 일구고 있다

그의 잎 그늘은 청록이다 빼곡하게 청록이다

* 무자위: 바닷물을 높은 곳으로 퍼내는 기계.

꾹꾹꾹꾹

기도보다 기가 센 새들의 새벽

솔가지 솔가지, 꽃대 꽃대,
새들이 나를 놀린다

여기 ㄱ 여기 ㄱ
저기 ㄱ 저기 ㄱ
여기 ㄱ 저기 ㄱ
여기저기ㄱㄱㄱ 여기저기ㄱㄱㄱ

여기 구 여기 구
저기 구 저기 구
여기 구 저기 구
여기저기 구구구 여기저기 구구구

여기 구우 여기 구우
저기 구우 저기 구우
여기 구우 저기 구우

여기저기 구우구우구우 여기저기 구우구우구우

여기 꾹 저기 꾹
저기 꾹 여기 꾹
여기저기 꾹꾹꾹 저기여기 꾹꾹꾹

꾹꾹꾹꾹 꾹꾹꾹꾹

새소리로 비워 내는 움,
조다가 쪼다가 헤치다가 파헤치다가
어둠을 꿰는 저 미명,
대중大衆이다

이 민중民衆이 내 안으로 암전인 까닭은
나는 속 빈 강정, 소가지이기 때문,
일흔 넘어 모친상 부고에 부좃돈을 넣지 않는 친
구를 끊을까
명치 끝 부아를 때려눕히는 소가지가 ㄱ,

그간 아들딸 혼례에, 시모님 친정 모친 상에
때마다 봉투와 돌렸던 밥상들
롯데호텔 아리아뷔페도 초대했지 싶어 꾸,
둘이 만났어도 말인사 한마디 없어
잠실 한복판 그가, 변두리 내게 무심해서 꾹,
오마넌만 받았어도 보리굴비 밥상 몇 번, 쐈을 건데

하 많은 산길이며 바닷길,
오롯이 나눈 섬마을 햇살이며
동갑내기 허리 굽은 친구
입꼬리 올려 귀 기울이던 날들, 꾹꾹
그도 나도 세상살이 다 겪었다 싶다가도
살롱 피부 마사지, 명품 스포츠웨어

서로 생일 밥을 사 주던 일도
뭐 밥 한 그릇 가지고
웃었는데,
밝아 오는 미명을 괘씸죄로 몰아세우는 소가지, 꾹꾹

＞

도넛 연기 한번 못 저지르고
침만 뱉는, 꾹꾹

기도보다 기가 센 새들의 새벽

소가지 소가지, 꼰대 꼰대,
새들이 나를 마구 놀려 댄다

오는 한식에는 친구 이름으로 백합
한 다발을 놓아 드려야지
맑디맑은 친구가 목젖 다 드러내고 환히 웃게끔

꾹꾹 꾸구국,

배달의 민족

제월대 고산정孤山亭 진달래밭에 앉아
소나무 그늘을 배달받았는데요
진달래화전 한 접시 구름 개피떡 한 목판,
정구지냉면 두 그릇,
곁두리 소반 상 덤으로 얹어 받네요

조선 영조 때 황윤석도 과거를 보고서는
냉면을 시켜 먹었다는
이재난고頤齋亂藁
밤새 술 마시던 양반들,
새벽 파루 종 울릴 때 효종갱曉鐘羹,
시쳇말로
해장국을 시켜 먹었다는데요

국물이 넘칠세라,
솜으로 꽁꽁 싸맨 국그릇
남한산성에서 종로까지 말에 실어 왔다지요

명월관 파티 음식 주문에

메밀면 그릇 잔뜩 머리에 얹고
달려오는 자전거 곡예

우리가 물이라면 메뉴에도 샘이 있고
우리가 나무라면 메뉴에도 뿌리가 있죠

칠순 노인도 관악산 대학생도
배달의 기수가 되는 21세기

꼬리 긴 새가
솟대 위 배달통 솔향을 꺼내네요
소풍날 무덤가 낙랑공주 호동왕자,
정오가 불기 전에 어서 젓가락을 들어야 한다고

고산정 바람결이 당신의 후기를 적고 있네요

평안도 용천 호도곶 큰 나루에도
제주 진달래가 막 배달되었답니다

월하정인 月下情人

앞서거니 뒤서거니 햇볕이 비껴 선다
웬 진달래냐고, 개나리가 더 살갑지 않느냐고,
나는 양지의 진달래, 너는 개나리 그늘

그래 봄바람이지
푸르고 쾌청한 이 외출,
뒤따라오는 꽃차례는 어디서 멈출 것인가

진달래 벤치, 보온병을 따라 놓은 차 한 잔
두 손으로 쥐어야 다정이다
월하심야삼경月下深夜三更 양인심사양인지兩人心事兩人知
낮달이 삼경처럼 너와 나의 춘정을 갈래한다

흔들리는 개나리, 새, 볕, 바람 두고
너는 내가 맡던 향기 자르며 줌을 당긴다

너의 춘정을 얻을 어느 길목이라면
솔 그림자 떠가는 실개천에

내 꽃신을 흘려보내도 좋겠다

사시장춘四時長春 주막집 별당 쪽마루 위로
후다닥 벗어 놓은 검정 갖신과
곁부축 받았을 가지런한 꽃신,
그 꽃신 들림 하나 들리는 듯도 하여
네 쪽으로 천천히 기울었다

날개는 어디에 있나

잃어버린 날개에는 가장 화려했던 순간이 묻어 있던가
벚꽃 지는 소리 같은
골짜기 도랑물 자락 같은

어디서 날개를 벗어 두었는지 떠오르지 않는다

남대문 상가 C동
옷 가게 여주인 위암 판정을 받았다고,
첫 대면에 눈 한번 촉촉이 마주쳐
덥석 하나를 더해
사 들고 나왔다

웃음 치료 강사도 개나리꽃 피울 거라며
트위스트 개다리춤도 흘리고
스코틀랜드 민요에 뒷굽을 들썩이던 몸짓도,
내 무릎 철망 가시
덮어 준 날개

>
꽃향기 봄바람은 이리저리
마음속 날개도 접었다 펴는데
회로는 미궁이어서
3층 사랑터로, 1층 로비로

어디서 흘러내렸는지
귓전에 들릴 듯
보릿단 같아 가지고 원피스는 원,
오래전 어머니 소리 속으로 접고 또 접어서

윗목에 꾸어다 놓은 보릿자루도
꿍꿍이가 있는 법
잠시 접속이 끊겼다고
속조차 절단 난 건 아니지

요일과 시간대 어머니 신음呻吟 따라
내비게이션 아닌 아날로그로 운행한다고,
거기까지 말했을 때

벌떡 일어서 박수를 보내오던 위원들

다 끓겨도 주눅 없이 날아갈
신록을 입는 계절,
날개를 찾아와야 할 사람들
기립 박수를 보내고 있다

볼음도* 만삭

우린 보름도로 가는 거지
그러니까
그 항아리가 처음부터 밖에 놓여 있었지
보름달이 꽉 들어찰 크기로

창문이 자주 열리는 동안
보름달에서 이름 하나 꺼낼 거라고
나는 창틀 앞에서 팔꿈치 괴고

그때 너는 사춘기도 빚을 줄 알았지

섬으로 가는 연휴의 공짜 배는 제 시각에 뱃고동
울리고
배 바닥에 드러눕자마자 술술 제 말만 통통 띄우
는 너는
앞뒤 옆, 나의 사방이었어

네가 손가락으로 가리키는 방향에서

요기 요렇게 앉아 봐, 저 꽃 섬이 품에 안길 거야,
멀미가 실려 왔지
속에서 꽃을 토할 것 같았어

깊이 숙여 뱃전으로 발을 내딛는 너의 등은
리드미컬하게 파도를 타고
너의 죽은 강아지 뭉치가 달려 나와
은방울을 흔들 때 성전 위 햇살 타래가
황금빛으로 오글거리지

대학로 동치미가 익어 가면 통째로 썰어 놓은 보름
이 되어 기웃거렸지
어두운 덴 딱 질색이야, 넌 손사래 쳤지만
거리의 관객이 된다는 건
지하 바닥에 보름을 깔고 웅크려 보는 일,
염쟁이 유 씨의 앞소리를 따라하며 염습殮襲을 꽝
꽝 매듭짓는 일,
노인을 거들어 청새치 가시를 끌어오는 우리는

푸른 바다에 둥실, 보름이었지

마음이 고꾸라질 때는 이마로 엉덩방아를 박으면 돼
그러면 우리의 배역도 후광 같은 보름이 되지

바다를 가진 여자는 해수욕을 못 해서 혼자 챙만 넓고
담배를 피우는 여자는 애인이 늦어 혼자였지만,

보름도로 떠가는 동안
아직도 밖에 놓였다는 항아리에서
반들반들한 눈웃음을 떠 오고 고추장도 떠 왔지
우리는 만원 객석에서 보름을 굴렸어

보름이 출렁이는 잔을
짠, 서로 부딪치면 우린 만삭이 되지

* 볼음도: 인천 강화 서도면西島面 볼음도리에 딸린 섬.

절대 잃어버리지 않는 우산*

나는 누가 두고 간 우산일까요
우산이 우산을 두고 갈 일은 없지만
사람이 사람을 두고 간 일은 많아서

꼭 쥐고 질퍽한 건널목 건너 돌담을 거닐며
당신은 가슴 가장 가까운 곳에 나를 두었어요

나도 흠씬 적셔지고 싶은 날이 있지요
하지만 놓고 다녀야 홀가분할 때가 있어
당신은 물진 내가 귀찮겠죠
햇살 든 거리에서 놓친 건가요, 놓아준 건가요

나는 누군가 두고 간 우산일까요
늦은 밤 어느 카페, 셔터 내려지고 나서도
배터리 잔량으로 수없이 발신했던 마음
그 캄캄한 방치

다시, 비가 내리네요

가방이며 신문지며 뒤집어쓰고 뛰어가는 사람들,
어디쯤서 당신은 우산을 구걸하고 있을까요
나도 맡겨졌다가 꺼내 쓰는 감정일까요
더 넓어진 수신 거리로 새롭게 출시된다면
우산 장수가 뭘 먹고 살겠어요?

잠시, 잃어버려도 좋아요
다만 이번 생은 당신과 연동되었으니
마지막 지점에서 기다릴게요
살이 부러졌어도 뒤집혔어도 상관하지 않아요

고등어구이

연탄불 구이라야 침샘이 솟구치는 건 아니다
어느 때 뒤집어야 태우지 않을지 아직 모른다

햅쌀밥 냄새에 사람들 쏴 쏟아져 나온다
잘 익은 살 도막 아이 입에 떼어 넣는다
중간 참에서 남의 쌀가마까지 내려놓고 우기더라지
아이 업고 내려서서 토막 친 말,
양쪽 가마를 꼬챙이로 떠 봐요
쌀이 같으면 가져가도 좋소
한 가마를 도로 버스에 올려 주고 가더라지
고향 쌀이 추정이라는 건 떠 보지 않아도 안다
골목 행인 수도꼭지 목 축이는 자세도,
손수레 당근 고르는 엄마들 눈썰미도
제각각이지만,
남궁소아과 물약병엔 보리차에 흑설탕이 전부라는 것과
문간방 아가씨 신생아 안고 들어서자
미역국 끓여 주며 함께 모른 척한다
생굴 한 가닥 입에 넣어주던 변소 방,

선지 끓인다며 쇠기름 덩이 얻어온다
남매 학생 데려온 가운데 방 부부,
기다란 골방처럼 돌아와 굽는 밤,
그 방 고등어 냄새 뒤집을수록 화사했다
그런 날은 밤하늘 유성도 석쇠 자국이다
장터 양파 한 덤 슬쩍, 뒷방네
아홉 식구 밤낮을 뒤집어 가며
자고 나가는 일도 공공연한 비밀
시고모님이 검침 요금 많다 하실 때
슬금 뒷걸음치는 길목 방 부부,
이사 나갈 때 둘둘 말린 비닐 장판 뒷면에
구불텅 전기선, 입을 숨겼다
대청에 보온 쌀밥 한 솥,
열어 보면 바닥이다
도막도막 간이 배어든, 방마다
고등어 굽는 냄새 조금씩 다른 건 신의 뜻이다

포물선을 위한 엘레지

귀룽나무 꽃그늘 속에는 구름이 산다
꼭대기에서 꺾어져 내린 묵은 가지
풀밭에 꽃섬 되어 새 구름 향기 실어 올린다
잎새도 못 보고 져 내린 지난해 봄꽃
휘묻이로 한 잎 한 잎 피어나
한 잎 한 잎 떨구고 다시 먼 봄으로 가는지

드난살이 늙은 순이 워이 워이 물렀거라, 정월대보
름 달밤에 고수레 떡시루 휘어지게 던지던, 엉 두 당
당 잡귀들아, 방천 밑 칠성 불빛 방울 무당 북소리, 밤
새 엉 두 당당 엉 두 당당 귀룽나무 그 맑은 슬픔 휘어
지게 걸어 두던,

찌르레기 한나절,
절창일 때
치레 깃 활짝,
귀룽나무 아래 새하얀 면사포 누가 예식을 올리는가
꽃바구니 끼고 꽃잎 보얗게 뿌리는 들러리 화동花童

>
지나는 구름 꽃 아래로 날은 서둔다

고석정 꽃밭

꽃들이 끝없이 피어나는 스마일 능선

꿈결 같은 길

내 발자국에서 잘 말려 둔 꽃씨들 뿌려진다

한 걸음 두 걸음 뗄 때마다 흙 속에 섞여 든다

꽃밭 사이로 내리고 오르고 휘어져 돌아가는 길

새봄에도 꽃씨를 두고 간 사람들 발자국에서

싹이 트고 꽃몽 맺히겠다

길 지난 이들 그리워

꽃들은 너른 별빛 아래

>
한밤을 선 채로 기다려 줄 테니까

장미라 부르지 말아요

돌아앉아 브래지어를 매만진다
꽃 멍울 속으로 낮은 화음 스며들 때

귓전에 날아드는 작은 새
각을 잡아 다린 깃,
환히 잘려 나갈 꽃떨기
파문보다 먼 폭풍, 그때까지
너의 이름을 말하지 말아라

창밖 어둠이 어둠을 포옹할 때
머릿단 칠칠히
치솟는 가시들,
날개깃은 쉬이 망가지지 않는다

한밤의 골목은 길어
가로등보다 커다래진 그림자 벽화들 마구 흩어지고,

사랑은 익명으로 떠난다

\>

대폿집 문짝
틀어진 문틀 아래 붉은 장미
저녁 이슬에 젖고 있다

별빛을 끌어와 끈을 두른 군화가
빠져나가는 좁은 길

다리는 강을 건너 먼 고향으로 향하고
돌아누워 별에서 별까지

장미는 사랑이 무서워
자꾸 눈이 붓고 문풍지에 손가락을 넣는다

한 낭만적 각성자의 웅숭깊은 사유

김재홍(시인, 문학평론가)

　뒤늦게 찾아온 낭만적 각성이, 그 각성자의 심
장과 혈관에 긋는 빗금이 무참한 것이듯 삶은 언제
나 차가운 빗금의 연속이다. 어찌할 것인가. 어쩌
면 좋은가. 아, 탄식과 비명의 연속과 그것을 선명
히 기억하는 한 서정적 자아의 쓰라린 기록이 눈앞
에 있다.

　그것은 시간적 경계를 무너뜨리고, 공간적 장벽
을 해체하고 있다. 멀리 지구의 탄생 시점으로 소
급되는가 하면, 깊이 바다의 수심을 재고 있다. 그
러므로 심상숙의 시집 『슬픔이 세상에서 하는 일』
이 담고 있는 기록이 놀라운 것은 동시대 개별자들

에게 그어진 빗금을 놓치지 않으면서도, 그것을 넘어서는 지구적(우주적) 무대를 주유하기 때문이다.

시란 언제나 시적 인간을 낳고, 시적 인간은 언제나 자신의 헐벗은 삶을 시에 바친다. 심상숙이 기록한 빗금의 양상이 치열하면 할수록 그의 시는 너나없는 쓰라린 운명들을 위한 기도의 언어가 된다. 그것이 바로 하필이면 시 형식을 택한 낭만적 각성자의 다짐이었을 터이다.

사랑이 들어왔다

낭만과 살을 맞대고 있는 시인은 비극적 운명이다. 제도와 규범으로부터 자신을 분리해 내고 영토와 지층으로부터 벗어날 수 있을 때 비로소 낭만적 각성이 가능하기 때문이다. 예측할 수 없는 감각의 분출, 통제할 수 없는 감정의 흐름에 영혼을 온전히 내맡길 수 있는 자만이 오롯한 낭만주의자가 될수 있다. 그리고 그러한 자아는 세상에 단 하나뿐인 고유명사가 됨으로써 자신의 온몸으로 비극의 운명을 감내하게 된다.

낭만주의자는 태풍이 몰아치는 방파제 끝에 선

사람이다. 고양이가 털끝을 세우듯 세포 하나하나
의 운동을 감각하면서 다가오는 비바람을 맞이하는
사람이다. 그는 비록 비극적 운명의 담지자이지만,
세상의 모든 쓰라린 개별자들을 위해 기도하는 사
람이다. 그의 언어는 곧 기도이다.

우린 보름도로 가는 거지
그러니까
그 항아리가 처음부터 밖에 놓여 있었지
보름달이 꽉 들어찰 크기로

창문이 자주 열리는 동안
보름달에서 이름 하나 꺼낼 거라고
나는 창틀 앞에서 팔꿈치 괴고

그때 너는 사춘기도 빚을 줄 알았지

섬으로 가는 연휴의 공짜 배는 제 시각에 뱃고
동 울리고
배 바닥에 드러눕자마자 술술 제 말만 통통 띄
우는 너는

앞뒤 옆, 나의 사방이었어

네가 손가락으로 가리키는 방향에서
요기 요렇게 앉아 봐, 저 꽃 섬이 품에 안길 거야,
멀미가 실려 왔지
속에서 꽃을 토할 것 같았어

깊이 숙여 뱃전으로 발을 내딛는 너의 등은
리드미컬하게 파도를 타고
너의 죽은 강아지 뭉치가 달려 나와
은방울을 흔들 때 성전 위 햇살 타래가
황금빛으로 오글거리지

대학로 동치미가 익어 가면 통째로 썰어 놓은 보
름이 되어 기웃거렸지
어두운 덴 딱 질색이야, 넌 손사래 쳤지만
거리의 관객이 된다는 건
지하 바닥에 보름을 깔고 웅크려 보는 일,
염쟁이 유씨의 앞소리를 따라하며 염습殮襲을 꽝
꽝 매듭짓는 일,
노인을 거들어 청새치 가시를 끌어오는 우리는

푸른 바다에 둥실, 보름이었지

마음이 고꾸라질 때는 이마로 엉덩방아를 박으면 돼
그러면 우리의 배역도 후광 같은 보름이 되지

바다를 가진 여자는 해수욕을 못 해서 혼자 챙만
넓고
담배를 피우는 여자는 애인이 늦어 혼자였지만,

보름도로 떠가는 동안
아직도 밖에 놓였다는 항아리에서
반들반들한 눈웃음을 떠 오고 고추장도 떠 왔지
우리는 만원 객석에서 보름을 굴렸어

보름이 출렁이는 잔을
짠, 서로 부딪치면 우린 만삭이 되지
                          ―「볼음도 만삭」 전문

볼음도는 인천광역시 강화군 서도면西島面 볼음
도리에 딸린 섬이라고 각주를 단 작품이다. 그런데
시행 어디에도 '볼음도'라는 단어는 나오지 않는다.

처음부터 끝까지 '보름도'를 전제로 전개하고 있다. 우선 시각적 감각이 살아서 뛰고 있다. 보름 → 항아리 → 보름달 → 햇살 타래 → 동치미 → 둥실 → 엉덩방아 → 후광 → 보름 → 만삭으로 이어지는 여러 개의 동그라미가 겹쳐지고 중첩되면서 작품 전체를 하나의 거대한 원圓으로 만들어 주고 있다.

또한 날카로운 수사가 시행에 긴장감을 부여하고 있다. "보름달이 꽉 들어찰 크기"의 항아리, "사춘기도 빛을 줄" 아는 너, "황금빛으로 오글거리"는 햇살 타래, "이마로 엉덩방아를 박"는 마음, "보름이 출렁이는" 잔 등은 심상숙의 언어가 갖는 긴장도를 최고조로 끌어올리고 있다. 그리고 결구, "짠, 서로 부딪치면 우린 만삭이 되지"에 이르러 알 수 없는 열병에 시달리는 어느 청춘들의 내면에 도달하는 것이다.

심상숙의 '보름'은 또한 기도한다. "거리의 관객이 된다는 건/ 지하 바닥에 보름을 깔고 웅크려 보는 일,/ 염쟁이 유 씨의 앞소리를 따라하며 염습殮襲을 꽝꽝 매듭짓는 일,/ 노인을 거들어 청새치 가시를 끌어오는 우리는/ 푸른 바다에 둥실, 보름이었지"와 같은 시행은 보름이라는 시간을 공간화하면서 세상에서 가장 원초적인 동그라미인 "염습을 꽝꽝 매듭짓는 일"을 수행하고 있다.

「봄음도 만삭」은 '보름'에서 '만삭'으로 이어지는
탄생의 축과 '염습'으로 이어지는 죽음의 축 사이를
한없이 진동하면서 생의 비의를 깨우친 한 낭만적
자아의 내면의 흐름(Stream of consciousness)을 따라
전개되고 있다.

뱀 들어온다고 심은 봉숭아꽃

손톱 위 봉숭아 꽃봉오리

생모시이불 붉게 적시는 저녁을 지나

첫눈 내리는 아침까지 남았다

붉은 손끝 모으던 첫사랑,

툭, 봉숭아 씨주머니 터져 까만 씨앗 쏟아 낸다

내년에도 후년에도,

백 년 후에도

―「사랑이 들어왔다」 전문

「볼음도 만삭」도 그랬지만, 이 작품도 짧은 서사를 포함하고 있다. '뱀'을 막아 내려 심은 봉숭아꽃으로 인해 '사랑'이 들어왔다는 이야기를 뼈대로 '붉은' 저녁과 "첫눈 내리는" 아침이라는 시공간이 펼쳐지고, 그 안에서 기도하는 주체와 툭 터져 나오는 까만 씨앗의 만남이 이루어지고 있다. 사랑은 "내년에도 후년에도" 씨앗으로 들어와 사랑을 필요로 하는 사람의 내면에 드리운 빗금을 닦아 내 준다. 그것이 바로 사랑의 위대함이라는 심상숙의 전언이기도 하다.

송엽국이 피어 있는 집

시인이 어떤 운명의 소산이라면 그것은 하릴없는 숙명론의 확인이다. 그러므로 시는 그 숙명을 주재하는 운명의 사슬(연쇄)이다. "달의 앞면만 볼 수밖에 없듯/ 돌배나무 열매도 무성한 잎 속에서/ 칠흑의 뒷면을 가졌으리라"고 자각하는 시인은 오직 시를 통해 자신의 깨달음을 전할 수밖에 없다. '지금—여기'에서 심상숙은 임진년壬辰年까지 거슬러 올라가 시간적 경계를 무너뜨리고, 공간적 장벽을 해체하면서 죽간에 새겨진 의미를 전하고자 한다.

"도稻(벼) 한 섬, 대두大豆(콩) 두 말 석 되". 의미의 중핵이 여기에 있다. 섭생의 이치는 자전과 공전을 따라, 혹은 "잎맥의 무늬들"을 따라 "사람이 나고 죽고, 나무들이 스러지고 돋는 동안"에도 변함없이 '벼 한 섬과 콩 두 말 석 되'에 있는 법이다. 때문에 죽간은 시대의 한계를 뛰어넘어 모든 기록자에게 공유되는 보편적 지평으로 나아간다.

돌배나무 잎사귀 사이
해마다 자전과 공전 중인 열매가 맺혀 있다
잎맥의 무늬들,
계절을 새겨 온 목간木簡이다

임진년壬辰年, 도稻(벼) 한 섬, 대두大豆(콩) 두 말 석 되,
느티나무골 묻혔다가 발굴된 나무 조각이
이제야 이 오후에 드러난 거라고

사람이 나고 죽고, 나무들이 스러지고 돋는 동안

숨들이 묻히고 숨결이 트이는 사이

돌배나무는 수천 년 햇살의 요철로

한 자 한 자를 제 안에 들였을 것이다

달의 앞면만 볼 수밖에 없듯

돌배나무 열매도 무성한 잎 속에서

칠흑의 뒷면을 가졌으리라

우주인이 달의 앞면을 탐사할 때

사령선 타고 뒷면에 머물렀던 마이클 콜린스처럼

오직 신과 혼자인

열매의 궤도를 생각해 보는 것이다

지금도 지구는 사막으로 더 넓게

에둘러 부서지고 있는 중이다

가뭄, 테러, 바이러스로 짓물러진 이 한낮

돌배나무 간지簡紙 잘 다듬어

고택 후원 속살로 묻었다가

다시 발굴되길 기다려야 하는지

돋아난 잎사귀 그늘에서 나지막한 언덕이 넘실

거리고 있다

　　돌배나무가 제 과실을 떨구는 건

　　어록을 내게 내어 주는 일이다

　　그리하여 서로 염려하고 사랑했다, 라고

　　나는 지구의 시간 속

　　오늘의 간지干支로 묻혀 가고 있는 것이다

　　　　　　　　─「돌배나무가 건넨 목간木簡」 전문

　그러므로 쓰라리다. "나는/ 나는/ 죽어서/ 파랑
새 되어 …(중략)… 푸른 노래/ 푸른 울음/ 울어 예으
리"(「파랑새」 부분)라고 절규한 한하운 시인과 같이 삶
은 죽음을 꽉 껴안고 있다. "숨들이 묻히고 숨결이
트이는 사이/ 돌배나무는 수천 년 햇살의 요철로"
죽간을 쓰고 있었다. 세상의 모든 통념으로부터 벗
어난 자유로운 영혼은 절규한다. "나는 지구의 시
간 속/ 오늘의 간지干支로 묻혀 가고 있는 것이다".

　　바위산 옆구리 꽃 악보 펼쳐져 있다

　　산을 몇 장 넘기면 오선지 끝 기입된 집,

　　구름도 전나무 리시버 꽂고 듣는다

아버지가 따 오셨던 다래 넝쿨

높은음자리표 아치 질게 그려 넣었다

기대 놓은 푸른 음표

비스듬히 위태로운 삽작은 한 옥타브 더 높다

실개천 올갱이 취나물 머위장아찌

즉흥으로 연주되는 6월의 악장

우거진 장작더미 뒷산 기슭 돌서렁

선율을 따라가다 보면 혹여,

여름 큰물 소리 솔바람 적실지라도

형형히 빛나는 뒤란은

간주 뒤의 일

작은 꽃 악보 속에서 한 사람이

신발 벗겨질 듯, 반가워 달려 나오는

음악 한 채

　　　　　　　　—「송엽국이 피어 있는 집」전문

심상숙의 언어 감각은 이 작품에 이르러 더욱 특
별해진다. 꽃-악보, 산-오선지, 전나무-리시버,

다래 넝쿨-높은음자리표, 푸른 음표-삽작을 거쳐 "실개천 올갱이 취나물 머위장아찌/ 즉흥으로 연주되는 6월의 악장"에 이르면 말 그대로 '봄의 교향악'에 도달한다. "송엽국이 피어 있는 집"은 그래서 한 낭만 자객이 지휘하는 물아일체의 거룩한 "음악 한 채"가 된다.

그러나 이런 속에서도 예민한 독자들은 '아버지'에 주목하게 되고, 그의 행동이 "따 오셨던"으로 과거 시제로 표현된 점에 마음을 두게 된다. 형형색색 봄의 시각적 정보들이 높고 낮은 음표들의 향연으로 청각화되는 속에서도 '아버지'는 보이지 않는다. 그는 '다래 넝쿨'의 '높은음자리표'로 남았을 뿐 "송엽국이 피어 있는 집"의 교향악 바깥에 있다. 낭만적 기록자는 이렇게 말할 뿐이다. "신발 벗겨질 듯, 반가워 달려 나오는" 한 사람이라고.

슬픔이 세상에서 하는 일

영민한 낭만주의자는 슬픔을 슬픔이라고 말하지 않는다. 손쉽게 초월하거나 눈물에 호소하지도 않는다. 「송엽국이 피어 있는 집」에서도 그랬듯이 자신의 감각을 최대한 예각화하여 차라리 보여 주지 않는 여백에 슬픔이 있음을 웅변하고 있다. "나도 훗날에게서 오늘이 스칠 텐데"(『슬픔이 세상에서 하는 일』) 그렇지 않은가. 이러한 깊은 통찰 속에 비로소 참다운 슬픔이 깃드는 것이다.

이른 꽃나무 아래로 훅 들어선다

한 파람 두 파람 꽃잎만이 순미하다

하얗게 날리는 진심을 맞이하다 보면

나도 훗날에게서 오늘이 스칠 텐데

저 아래 가시덤불 세상으로 멀어져 가는 꽃잎 나
비 떼

무게를 넘어 영혼에 흔들리는

미농지 같은 슬픔 하나
                    —「슬픔이 세상에서 하는 일」 전문

여기서 심상숙은 '태풍이 몰아치는 방파제 끝'이 아니라 '시간의 끝'에 서 있다. 그런데 이 시간은 '시작 → 끝'의 직선적 패러다임을 벗어나 있다. 니체적 영원회귀의 시간이거나 "미래를 품고 있는 현재 안에 과거를 놓는"(들뢰즈, 『주름, 라이프니츠와 바로크』) 시간에 가깝다. 그것이 바로 '슬픔이 하는 일'이다. 비록 "미농지 같은 슬픔 하나"일 뿐이지만, 슬픔은 시간과 함께 흘러가고, 흘러온다. "저 아래 가시덤불 세상으로 멀어져 가는 꽃잎 나비 떼"처럼 슬픔은 시간에 순명하면서, 참다운 슬픔의 경지에 도달한다.

차마 문을 다 닫지 못했지. 삐걱 소리 날까 봐, 아이들이 꾸던 꿈을 깰까 봐, 그해 겨울 빈 사무실 살림을 들였던 일원동, 일원동이 살게 해 준 그 집 조금만 더 따스했으면, 막내와 둘째 첫째 이불 밑 삐져나온 조그만 발들, 아침 식사와 점심 도시락을 싸 놓고 한남대교가 끊어지기 전에 어서 건너야 했던 그 새벽 출근길, 한강의 동녘 틈에서 새 떼가 까맣게 새어 나왔지. 잠결에 막내가 나와 울었다던가, 변소 가던 옆방 김포댁이 보았다고, 그때 문밖

난간으로 걸어와, 창문을 열어 주고, 아이들에게
동치밋국 퍼다 먹인 사람, 붉은 수수깡 울타리 속
검은 연기 헤치고 숨을 트며 보았다던, 그 뒷모습
누구였을까?
                              ─「그 겨울의 햇살마루」 전문

 가령 이런 것이다. 참다운 슬픔은 이와 같은 맹렬
한 가난과 혹독한 추위와 애처로운 아이들의 '조그
만 발들'을 돌이켜 세상 모든 이들의 슬픔으로 보편
화시킬 줄 안다. 낭만주의가 슬픔의 어깨에 머리를
기댄 자유인의 형상이라면, 바로「그 겨울의 햇살마
루」에서 볼 수 있는 표정이리라.

 심상숙의 이번 시집은 날카로운 언어 감각 위에
낭만적 각성자의 웅숭깊은 사유를 입고 있다. 물론
다른 경향을 함축하고 있는 시편들도 있지만, 「버니
어 캘리퍼스」, 「폭등暴騰」「해산하는 여자들」「도래到
來」「석송령 보굿」 연작, 「아기의 무게」「백학봉이네」
「사과를 깎는 시간」「날개의 위치」등 많은 빼어난 작
품이 그것을 보여 준다.
 그러므로 아무리 난간에 기대지 말라고 해도, 위
험하다고 해도 심상숙 시인은 강물을 따라 흘러가

리라. "나의 아름다운 종점 양수역이 있기"(「시인의 말」)에⋯⋯.